Alice
et
l'esprit frappeur

SÉRIE *ALICE*
DANS LA BIBLIOTHÈQUE VERTE

Alice et les cerveaux en péril
Alice et la malle mystérieuse
Alice au Canada
Alice chez les Incas
Alice et les marionnettes
Alice au ranch
Alice et la rivière souterraine
Alice et le diadème
Alice et les hardy boys super-détectives
Alice et l'œil électronique
Alice et le violon tzigane
Alice et l'ancre brisée
Alice et les chats persans
Alice et la diligence
Alice et les diamants
Alice et la bague du gourou
Alice et la réserve des oiseaux
Alice et le cheval volé
Alice et les magiciens
Alice et l'architecte diabolique
Alice et la dame du lac
Alice chez le grand couturier
Alice et l'esprit frappeur
Alice en Écosse

Caroline Quine

Alice et l'esprit frappeur

Traduit de l'américain par Anne Joba

Illustrations de Philippe Daure

HACHETTE

L'ÉDITION ORIGINALE DE CE ROMAN À PARU EN
LANGUE ANGLAISE CHEZ GROSSET & DUNLAP,
NEW YORK, SOUS LE TITRE :
THE GHOST OF BLACKWOOD HALL

Hachette Livre, 43, quai de Grenelle, 75015 Paris.

Chapitre 1

Un message mystérieux

« Tiens ! Tiens ! Un bon point pour les chats. Savais-tu qu'ils n'ont pas peur des fantômes ? dit Alice Roy en riant à son chien. Ce n'est pas comme tes congénères qui, à en croire la légende, hérissent le poil et s'enfuient la queue entre les pattes ! »

La jeune fille secoua ses boucles, repoussa le livre dans lequel elle s'était plongée et caressa son fox-terrier. Togo ouvrit un œil, s'étira, puis, soudain, se dressa et se mit à aboyer avec fureur.

« Allons ! Tais-toi, Togo ! » ordonna une voix.

C'était celle de Sarah ; depuis la mort de Mme Roy, survenue alors qu'Alice était encore enfant, cette femme d'une grande bonté avait veillé sur elle, lui servait de mère, de confidente et d'amie. Aux yeux de M. Roy, avoué de grand renom, homme respecté et aimé de tous, elle était bien plus un membre de la famille que la gouvernante de la maison.

« Pourquoi te fâches-tu ? reprit Sarah. Serais-tu jaloux parce que ta maîtresse a osé prononcer le mot “chat “en ta présence ? Et, crime plus grave encore, attribuer une qualité à ton ennemi héréditaire ? »

Insensible à ce beau discours, Togo continuait à aboyer plus fort que jamais, pattes tendues, oreilles couchées. Une portière claqua devant la maison. Par la fenêtre Alice vit un homme d’âge moyen gravir rapidement les marches du perron.

« Tiens ! M. Coleman, le bijoutier », fit Alice, étonnée.

Une seconde après, la sonnette tinta ; la jeune fille se précipita pour accueillir ce grand ami de son père.

« Je ne resterai pas longtemps, dit M. Coleman. Je n’aurais pas dû quitter ma boutique.

— Que se passe-t-il, monsieur ? Papa n’est pas à la maison.

— C’est toi que je suis venu voir, Alice. Je voudrais que tu viennes en aide à une de mes clientes et amie. Est-ce possible ?

— Entrez, je vous en prie, répondit Alice, et dites-moi de quoi il s’agit. »

Du regard, le bijoutier lui indiqua sa voiture.

« Ma cliente, Mme Clark, m’attend, expliqua-t-il. Elle a refusé avec la dernière énergie de m’accompagner au poste de police. Elle ne consent même pas à me fournir le moindre détail sur le vol dont elle a été victime. Elle prétend avoir une sérieuse raison de tenir l’affaire secrète. »

La curiosité d’Alice était éveillée.

« Priez-la de venir, dit-elle. Si je peux la conseiller, je le ferai volontiers. Toutefois, si elle refuse de parler...

— Oh ! À toi elle dira tout ! coupa le bijoutier, parce que tu es une jeune fille...

— Quelle différence cela fait-il ?

— Tu la découvriras vite, répondit le bijoutier

d'un air mystérieux. Mme Clark est veuve ; elle habite seule une assez grande maison et ses voisins la considèrent comme une personne originale. Cependant, la connaissant depuis des années, je peux t'affirmer que c'est une femme très, très bien. On pourrait lui reprocher une certaine naïveté, un côté enfant... Enfin, elle a besoin de toi. »

Alice ne put poser une autre question ; déjà le bijoutier descendait les marches du perron et s'approchait de sa voiture. Après un bref dialogue, il revint vers la maison accompagné de Mme Clark.

« Chère madame, lui dit-il, voici ma jeune amie Alice, la meilleure détective amateur de River City et peut-être même de toute la région.

— Hum ! hum ! fit Alice en souriant. J'en connais qui ne partagent pas cette opinion. Disons plus simplement que j'adore les mystères et l'aventure. »

La jeune fille s'effaça pour laisser entrer les visiteurs dans le salon. Mme Clark avait nettement dépassé la quarantaine ; sa robe noire, d'une coupe élégante accentuait son extrême minceur ; elle avait une expression triste, et ses yeux, comme éteints, laissaient paraître une angoisse qui provoquait un sentiment de malaise.

Sarah accueillit avec un bon sourire les nouveaux venus, bavarda quelques minutes, puis, avec tact, se retira. Encore surprise par cette visite imprévue, Alice était impatiente d'en connaître le véritable motif.

« Je n'aurais pas dû venir, commença Mme Clark en tordant son mouchoir d'un geste nerveux. Personne ne peut me rendre mes bijoux, personne.

— Si, Alice, corrigea M. Coleman. Son père est un avoué réputé, James Roy. Il l'a initiée au droit, l'a mise au courant de tout ce qui concerne la jurisprudence et lui a souvent confié des enquêtes.

— C'est vrai, mais je suis loin de posséder sa compétence, répondit Alice. Si vous avez besoin de conseils sur certains points de droit, mieux vaudrait vous adresser à lui. »

M. Coleman secoua la tête avec impatience. D'une poche de son manteau, il tira un grand écrin de cuir qui portait des traces de boue séchée ; l'ayant posé sur la table, il l'ouvrit.

Alice ne put retenir un cri de surprise à la vue de la collection de bagues, colliers, broches, pendentifs qu'il contenait. Une chevalière d'homme attira en particulier son attention : elle était ornée d'une pierre rouge foncé finement ciselée.

« Hélas ! Ce ne sont que d'excellentes imitations ! déclara le bijoutier. Quand Mme Clark me les a apportées, je lui ai aussitôt conseillé de déposer une plainte au commissariat de police.

— C'est impossible, intervint Mme Clark. Je ne veux pas que cette affaire soit divulguée.

— Je ne comprends rien, protesta Alice. Pourriez-vous l'un et l'autre m'expliquer de quoi il s'agit ?

— Promettez-moi d'abord de ne pas révéler un seul mot de ce que je vous confierai ? dit Mme Clark.

— Si tel est votre désir, je le respecterai. »

Mme Clark regarda le bijoutier.

« Pardonnez mon impolitesse : je ne peux pas parler en votre présence, fit-elle d'une voix hésitante. On m'a prescrit de ne jamais dévoiler quoi que ce soit à un homme ou à une femme touchant ce vol et les circonstances qui l'entourent.

— C'est pourquoi je vous ai conduite auprès d'une jeune fille, répondit le bijoutier en regardant

Alice d'un air entendu. Vous ne romprez aucune promesse en lui racontant tout. Et maintenant, je vous quitte. Au revoir. »

Il se leva et partit, laissant Mme Clark aux bons soins d'Alice. Rassurée, la pauvre femme commença son récit :

« Mon mari est mort il y a quelques mois... Depuis, j'ai eu d'étranges prémonitions. Peu après son décès, j'ai... j'ai eu le pressentiment que ma maison allait être cambriolée.

— Et cela s'est-il produit ?

— Non, mais le pressentiment était si fort que j'ai fait une chose stupide. J'ai rassemblé tous les bijoux de famille, y compris la bague que mon cher mari portait toujours sur lui, dans cet écrin, et je l'ai enterré.

— Où ? Dans votre jardin ?

— Non, dans une petite clairière au fond d'un bois à une quinzaine de kilomètres d'ici. »

« Comment une femme qui paraît intelligente peut-elle commettre des actes aussi insensés ? » se demanda Alice mais elle garda le silence.

« Je... je n'ai pas tardé à me rendre compte de mon imprudence, poursuivit Mme Clark. Ce matin, je suis retournée là-bas, j'ai déterré l'écrin et je l'ai apporté à M. Coleman pour faire nettoyer les bijoux. À leur vue, il a pâli et, avec ménagement, m'a annoncé que ce n'étaient que des imitations !

— Ce qui veut dire qu'on vous a volé les vrais bijoux ?

— Oui, et qu'on leur a substitué des faux. Je tenais par-dessus tout à la bague de mon mari : l'idée d'en avoir été dépossédée par ma faute me brise le cœur.

— Cette affaire est du ressort de la police », commença Alice.

Aussitôt Mme Clark lui coupa la parole :

« Non ! Non ! »

Alice regarda intensément sa visiteuse.

« Pourquoi vous refusez-vous à parler à tout autre qu'à moi ? voulut-elle savoir.

— Parce que je crains, en avertissant la police, de donner trop de publicité à l'affaire.

— Est-ce bien la raison, madame ? »

Mme Clark lui cachait la vérité, Alice en était de plus en plus certaine.

« Si vous voulez que je vous aide, il ne faut rien me dissimuler », poursuivit-elle.

Après une longue hésitation, Mme Clark murmura d'une voix à peine audible :

« Une nuit, il y a de cela plusieurs semaines, l'esprit d'Henry, mon cher défunt, est entré en communication avec moi. Je me suis réveillée ou j'ai cru que je me réveillais, et j'ai entendu une voix lointaine. C'était celle d'Henry, j'en suis sûre. Il m'a enjoint d'enfouir les bijoux à un emplacement qu'il m'a décrit avec un soin minutieux, ajoutant que cet emplacement ne devrait être révélé à quiconque, homme ou femme. Si je ne me conformais pas à ses instructions, je n'aurais jamais plus cette joie merveilleuse de recevoir sa visite.

— Il ne vous a pas interdit d'en parler à une jeune fille ? fit Alice.

— Non. C'est pourquoi j'ai accepté de venir ici. J'ai besoin de vous, terriblement besoin de vous. Si vous saviez combien je suis heureuse de m'entretenir avec mon cher Henry ! Pourvu qu'en suivant le conseil de M. Coleman je n'aie pas tout gâté ! »

Alice ne croyait certes ni aux fantômes ni aux esprits, mais comment se moquer d'une malheureuse femme troublée par la douleur ? Aussi fut-ce avec le plus grand tact qu'elle répondit :

« Non, non, rassurez-vous. En venant me trouver, vous n'avez pas manqué à votre promesse. En ce qui concerne le vol, quelqu'un vous aura vue enterrant vos bijoux. Avez-vous des soupçons ?

— Aucun. Je n'ai parlé à personne de mon projet.

— J'aimerais voir l'emplacement où vous aviez caché cet écrin. Auriez-vous l'obligeance de m'y conduire ? Nous prendrons ma voiture.

— Comme vous voudrez », acquiesça la veuve sans le moindre enthousiasme.

Alice avertit Sarah qu'elle s'absentait pour environ une heure. De peur d'être oublié, Togo sauta sur le siège arrière tandis qu'Alice et Mme Clark s'installaient à l'avant.

Mme Clark guida Alice et, au sortir de la ville, lui fit prendre une route à travers champs ; au bout de quelques kilomètres, elles longèrent une forêt aux arbres très feuillus.

Bientôt, elles s'engagèrent sur un chemin plus étroit, franchirent un vieux pont qui enjambait un bras de la Muskoka et se garèrent enfin sur le bas-côté, à l'ombre des arbres.

Comme elles descendaient de voiture, une brise légère ébouriffa les cheveux d'Alice et agita le feuillage au-dessus de sa tête. Togo donna des signes d'inquiétude : il coucha les oreilles et se mit à grogner.

« Tais-toi, Togo ! ordonna Alice. Reste dans la voiture, ajouta-t-elle en relevant un peu les vitres, sinon tu vas t'égarer dans les fourrés.

— Suivez-moi, je vous prie », dit Mme Clark en prenant un sentier qui s'enfonçait dans le bois.

Au bout de quelques mètres, elles débouchèrent sur une petite clairière. Mme Clark s'immobilisa et, en silence, montra du doigt le centre d'une petite place herbeuse dont une partie avait été récemment retournée.

Alice promena son regard autour d'elle. De tous côtés se dressaient d'épais buissons. Elle examina avec soin l'endroit où l'écrin avait été enterré.

Il avait plu abondamment la nuit précédente et le sol était détrempé. Si d'autres pas que ceux de Mme Clark avaient foulé la clairière, leurs empreintes avaient été effacées. À quoi bon s'attarder ?

Alice se redressa. Au même moment, elle entendit une automobile passer sur la route. Le conducteur ralentit comme s'il avait l'intention de s'arrêter, puis accéléra. Togo se mit à aboyer avec fureur.

Qu'est-ce qui pouvait l'exciter ainsi ? D'abord tentée d'aller voir, Alice repoussa cette idée. Togo aboyait sans doute après un oiseau ou une branche agitée par le vent.

La jeune fille inspecta les alentours sans rien découvrir d'intéressant.

Elle se disposait à repartir, quand son regard tomba sur un morceau de papier accroché au bas d'un buisson épineux. Elle le ramassa et, l'esprit toujours en éveil, l'examina : il avait été arraché à une des pages d'un catalogue. Sur une face, elle remarqua une annonce :

FEUX DE BENGALE. LUMIÈRES FLUORESCENTES, PRIX TRÈS BAS.

Doutant beaucoup de la valeur de cette trouvaille, elle glissa néanmoins le papier dans son sac à main. Soudain, à quelques pas devant elle, une longue pièce métallique brilla au soleil.

« Tiens ! Voilà qui pourrait être plus intéressant ! » se dit Alice.

Elle se dirigea vers l'objet. Comme elle se baissait pour le prendre, un cri d'effroi ou de douleur rompit le silence des bois.

Chapitre 2

Un premier indice

Alice pivota sur elle-même et, à son vif soulagement, se rendit compte que ce n'était pas Mme Clark qui avait poussé ce cri.

« Que se passe-t-il ? fit la veuve d'une voix tremblante. Cela venait de la route, ne croyez-vous pas ?

— Oui, dit Alice, et c'était une voix de femme ! »

Suivie de loin par Mme Clark, elle se mit à courir vers l'endroit où elle avait laissé le cabriolet. Togo sautait sur le siège arrière en aboyant de toutes ses forces.

« Dommage que tu ne saches pas parler, mon vieux, dit Alice. Tâche au moins de me guider. »

Elle lui ouvrit la portière.

Le chien sauta à terre, se mit à flairer le sol sur lequel on distinguait des empreintes de pneus récentes et il conduisit Alice jusqu'à un coude formé par la route. Tout à coup, la jeune fille perçut le ronronnement sourd d'un moteur.

« Oh ! il y avait une voiture garée par ici, à l'abri des regards », conclut-elle.

Précédée par Togo, elle courut à en perdre haleine. Hélas ! la voiture avait disparu.

« La femme qui a crié se trouvait sûrement dans l'automobile, réfléchit Alice. Mais pourquoi a-t-elle crié ? »

Pensive, elle rebroussa chemin. Livide d'angoisse, Mme Clark l'attendait dans le cabriolet.

« Avez-vous vu quelque chose, Alice ? demanda-t-elle.

— Non.

— Quel cri horrible ! reprit Mme Clark en frissonnant. Je vous en supplie, partons. Je me sens mal à l'aise, ici, comme si des esprits malfaisants nous surveillaient ! »

Alice se rappela l'objet qui, peu auparavant, avait attiré son attention.

« Permettez-moi d'abord de retourner à la clairière une seconde, dit-elle. Si vous avez peur, fermez les portières à clef.

— Volontiers, répondit la veuve. Mais dépêchez-vous.

— Je vous le promets », dit Alice.

Elle repartit à travers bois, tenant Togo en laisse. Des esprits la surveillaient-ils ? Elle n'y croyait pas, et pourtant ce bois la déprimait. Elle avait l'impression bizarre d'être environnée de regards hostiles, à l'affût du moindre de ses gestes.

« Allons ! Allons ! je ne vais tout de même pas me laisser impressionner par les fantômes de Mme Clark ! » grommela-t-elle.

Elle était contente d'avoir Togo pour compagnon ; sa présence lui procurait un sentiment de réconfort. Comme ils approchaient de l'endroit où Mme Clark avait enterré ses bijoux, le jeune chien se comporta d'une façon étrange. Deux fois il s'arrêta pour renifler l'air et se prit à gémir. Puis, levant la tête vers Alice comme s'il voulait lui dire quelque chose, il grogna.

« Togo, qu'as-tu ? demanda Alice. On pourrait croire... »

Elle n'acheva pas sa phrase et regarda autour d'elle. La clairière était déserte, pourtant chaque bruissement de feuilles semblait l'inviter à la prudence.

Agacée, la jeune fille alla droit à l'emplacement où elle avait vu briller un objet métallique. Elle le chercha là et aux alentours... en vain.

« Curieux, murmura-t-elle, il n'a tout de même pas pu disparaître tout seul. »

Plus que jamais sur ses gardes, elle examina le sol. L'herbe avait été piétinée soit par elle, soit par Mme Clark, soit par quelqu'un d'autre.

Togo se remit à flairer et à tirer sur sa laisse. L'un conduisant l'autre, ils arrivèrent à un fourré caché par des buissons. Dans la terre fraîche, Alice distingua de récentes empreintes de chaussures.

« Bien travaillé, Togo » ; fit Alice en caressant le fox-terrier.

Elle se baissa et mesura les traces avec sa main. À en juger par l'étroitesse des semelles et par la longueur, ces empreintes avaient été laissées par les chaussures d'un homme grand et mince.

« Inutile de chercher davantage, conclut Alice. Un inconnu a ramassé l'objet métallique pendant que je courais vers la femme qui avait poussé ce cri ! Je me demande même si elle n'était pas avec lui et n'a pas cherché à détourner mon attention. »

La jeune fille suivit les traces jusqu'à une levée de terre d'où l'on dominait la clairière. L'inconnu l'avait guettée de là !

« S'il n'est pas reparti avec la voiture, il se peut qu'il ne soit pas loin d'ici, pensa Alice non sans un vague malaise. Et c'est peut-être lui le voleur des bijoux. »

Le joli visage de la jeune fille se durcit ; le danger qu'elle courait, seule dans la forêt, lui apparaissait clairement. Mais elle ne s'effrayait pas sans raison. De son père, elle avait hérité, entre autres qualités, le courage et l'intelligence. Bien que très jeune encore, elle avait derrière elle tout un passé de détective amateur qui forçait l'admiration de ses amis et connaissances. Sa réputation était telle que les personnes dans l'embarras n'hésitaient jamais à recourir à ses services.

Néanmoins, son cœur battait très vite tandis qu'elle contemplait les traces de souliers dans le sol. Son instinct lui disait que cette affaire de vol était loin d'être simple.

« Seul un voleur très habile a pu prendre la peine de substituer des faux bijoux aux vrais, se disait-elle. Il espérait qu'ainsi Mme Clark ne s'apercevrait pas du vol. Les novices ne préparent pas leur coup à l'avance. »

S'arrachant à ses réflexions, Alice suivait de nouveau les empreintes. Bientôt elles ne furent plus visibles. Togo conduisit sa maîtresse jusqu'à la route et s'arrêta.

« L'homme est donc reparti en voiture », soupira Alice.

Le chien sur ses talons, elle regagna le cabriolet.

« Ah ! soupira Mme Clark. Comme je suis contente de vous revoir. Je m'inquiétais. »

Sur le chemin du retour, la veuve se montra nerveuse, maussade. Alice ne lui parla pas de ses découvertes ; elle se borna à mentionner les empreintes —

sans doute celles du voleur. Sa compagne ne manifesta qu'un intérêt très limité et ne répondit que par monosyllabes aux questions posées par la jeune fille.

Quand elles arrivèrent au centre de la ville, Mme Clark demanda à Alice de la déposer devant la boutique de M. Coleman. L'écrin contenant les faux bijoux était resté chez les Roy. Alice voulut savoir ce qu'elle devait en faire.

« J'irai le rechercher plus tard », décida Mme Clark.

Cette solution convenait à la jeune fille qui sollicita la permission de montrer les bijoux à son père.

« Je vous en prie, répondit Mme Clark, à la condition expresse toutefois que vous ne révélerez pas ce que je vous ai appris au sujet de mon mari ou de ses instructions. Cela doit rester entre nous. »

Alice le promit. Après avoir laissé la veuve chez M. Coleman, elle rentra directement chez elle. Une heure plus tard, quand son père revint du bureau, il la trouva au salon, assise devant une table sur laquelle elle avait disposé le contenu de l'écrin.

« Eh bien ! Eh bien ! Que vois-je ? s'écria-t-il en ouvrant de grands yeux. Ma fille aurait-elle dévalisé la vitrine d'un bijoutier ? »

James Roy était un homme grand, distingué, d'allure élégante ; ses yeux bleus, au regard pétillant d'intelligence, rappelaient ceux d'Alice. Tous deux s'entendaient à merveille et possédaient, don inappréciable, le sens de l'humour. Alice courut embrasser son père.

« Oh ! papa, si tu savais quel après-midi passionnant...

— Hum ! hum ! coupa l'avoué en riant. Inutile de poser des questions. J'ai deviné : un nouveau mystère !

— Oui ! Tu as deviné. Regarde ces faux bijoux. »

Un par un M. Roy les examina tandis que la jeune fille lui racontait l'affaire.

« Pardonne-moi, mais il y a un ou deux détails que je ne peux pas te rapporter, dit-elle non sans hésitation. Mme Clark m'a fait jurer le secret.

— Voilà qui ne me plaît guère, Alice.

— À moi non plus, papa. Je ne désespère pas de lui faire changer d'avis. Tu me permets de m'occuper de ce vol ?

— Oui, je ne te l'interdis pas, malgré la restriction imposée par ta nouvelle cliente. Tu as le goût de l'aventure dans le sang, je le crains. Cela dit, je te recommande la plus extrême prudence. »

L'avoué avait parlé avec une gravité telle qu'Alice le regarda, étonnée.

« Pourquoi insistes-tu sur ce point, papa ? Tu sais que je me tiens toujours sur mes gardes.

— C'est vrai ; néanmoins, il faudra que tu le fasses plus que jamais. Il ne s'agit pas d'un simple vol. »

M. Roy prit une broche rehaussée de brillants et de rubis, l'étudia un long moment et ajouta :

« Celui qui a façonné cette imitation est un artisan très habile. Il a certainement tout organisé à l'avance, très à l'avance même. On ne fabrique pas de telles copies en quelques heures.

— Crois-tu que ce puisse être l'œuvre d'un bijoutier de River City ?

— C'est possible. Mais alors, il en aurait ignoré la destination. »

Alice remit les bijoux dans l'écrin.

« Tu me donnes une idée, papa, dit-elle. Demain, j'irai leur montrer ces pièces. Il se peut que l'un d'eux les reconnaisse. »

Le lendemain, après le petit déjeuner, Alice entreprit de faire le tour des bijouteries de la ville. Bigelow & Company se trouvait à la fin de la liste qu'elle avait établie. Elle entra, découragée, sans deviner que la chance l'attendait.M.Bigelow, le propriétaire, déclara formellement que les imitations ne venaient pas de chez lui, mais émit une hypothèse pouvant éclairer la jeune fille.

« Cherchez donc un certain Howard Brex. Il était à la fois vendeur et dessinateur pour le compte d'une maison de La Nouvelle-Orléans. Je lui ai souvent passé des commandes. Il est grand, mince, brun, assez bien de sa personne, beau parleur ; toutefois, il m'a paru louche. De fait, il a été condamné à une peine de prison et je crois savoir qu'il a été depuis remis en liberté. »

Cette description éveilla chez Alice de récents souvenirs. Les empreintes observées dans le sous-bois étaient celles d'un homme grand et mince. Si Brex avait été relâché, ne seraient-ce pas les siennes ?

Après avoir remercié M. Bigelow de ce précieux renseignement, Alice se rendit à l'étude de son père. Elle se percha sur un angle de son bureau et lui demanda s'il n'aurait pas une fiche concernant Howard Brex.M.Roy pria sa secrétaire d'apporter le dossier concernant les escrocs. Il l'ouvrit à la lettre B et passa en revue les diverses fiches.

« Ah ! voici ton homme, dit-il. Brex a bénéficié d'une remise de peine pour bonne conduite et il a quitté le pénitencier il y a quelques mois. Tu crois que c'est le voleur de Mme Clark ?

— Oui », répondit Alice, très agitée à la pensée qu'elle possédait peut-être un indice sérieux.

Cette conversation entre le père et la fille fut interrompue par l'arrivée d'un client. Alice se retira dans le bureau de la secrétaire d'où elle téléphona à M. Bigelow qui, très volontiers, lui communiqua le nom et l'adresse de l'ancien employeur de Brex à La Nouvelle-Orléans. Cela fait, elle rentra chez elle en élaborant un plan d'action.

Elle fut accueillie par ses deux meilleures amies. Raquette en main, se renvoyant avec adresse une balle de tennis, Bess Taylor et Marion Webb l'attendaient dans l'avenue intérieure du jardin.

« Bonjour ! » cria Alice de loin.

L'allure sportive, le teint bronzé, les cheveux coupés court, Marion offrait un amusant contraste avec sa cousine Bess, blonde, très féminine, le visage à peine hâlé et vêtue comme toujours avec une élégance raffinée.

« Oh ! Alice. J'ai une étonnante nouvelle à t'annoncer, fit Bess.

— Moi aussi, j'ai beaucoup de choses à vous raconter », répondit Alice en montant les marches du perron avec les deux cousines.

Elle les fit entrer au salon et les pria de l'excuser un moment, car elle voulait téléphoner à Mme Clark. Après avoir précisé à la veuve que ses deux amies et collaboratrices étaient des jeunes filles et non des femmes, elle obtint la permission de les mettre au courant de l'affaire dans tous ses détails.

Tout heureuse, elle courut au salon, et du seuil de la porte demanda à brûle-pourpoint :

« Bess, Marion, que diriez-vous d'un voyage à La Nouvelle-Orléans ? »

Chapitre 3

Une curieuse compagne de voyage

« À La Nouvelle-Orléans ! » s'écrièrent les deux cousines.

Alice sourit.

« Je suis aux prises avec un nouveau mystère, dit-elle. Pour l'instant, je recherche un homme grand, mince, brun, à l'expression rusée.

— C'est du joli ! fit Bess en éclatant de rire. J'aimerais savoir ce qu'en dirait Ned. »

Alice rougit. Ned, un étudiant d'Emerson, était son grand ami et son danseur préféré. Elle répondit à Bess que l'homme brun en question était, selon toute vraisemblance, un faussaire doublé d'un voleur et qu'il habitait à La Nouvelle-Orléans. Elle résuma les faits et ajouta que l'ancien employeur de Brex serait sans doute capable de reconnaître la facture de son ouvrier dans n'importe quel travail d'orfèvrerie.

« Papa m'a promis de m'emmener en voyage un de ces jours. Il ne peut venir avec moi en ce moment. Ce soir, je lui demanderai si vous ne pourriez pas prendre sa place... à moins que cela ne vous ennuie.

— En voilà une idée ! Nous t'accompagnerons, que tu le veuilles ou non, décréta Marion.

— Et pendant que tu chercheras ce Brex, Marion et moi, nous visiterons la ville. Tant de souvenirs romanesques s'y rattachent ! »

Une lueur moqueuse brilla dans les yeux d'Alice.

« N'oublie pas que je vous emmène comme gardes du corps, dit-elle.

— Tu peux compter sur nous, répondit Marion en riant. Toutefois, il faut maintenir un juste équilibre entre le travail et la distraction. »

Le soir, après le dîner, Alice aborda le sujet avec son père. James Roy consentit volontiers à la laisser partir avec ses deux inséparables compagnes.

Marion et Bess obtinrent également la permission de leurs parents. Ni l'une ni l'autre ne formulèrent leurs doutes : quelle chance avait leur amie de trouver Brex dans une aussi grande ville que La Nouvelle-Orléans ? M. Roy et Alice ne partageaient pas leur secret pessimisme. Non seulement un entretien avec l'ancien employeur de Brex pourrait apporter des résultats tangibles, mais il se pouvait aussi que le suspect eût caché les objets volés dans son propre logement.

« Tout penche en faveur de ton hypothèse, déclara l'avoué. Plus j'y réfléchis, plus je pense que tu as raison de te rendre à La Nouvelle-Orléans. »

Sarah aida Alice à préparer sa valise tandis que M. Roy se chargeait de retenir des places d'avion et des chambres d'hôtel. Avant de partir, Alice téléphona à Mme Clark et sollicita la permission d'emporter les faux bijoux.

« J'apprécie beaucoup ce que vous faites pour moi, répondit la veuve, cependant je crains que ce voyage ne soit inutile.

— Pourquoi ?

— La nuit dernière, j'ai reçu un nouveau message de mon époux bien-aimé. Il m'a révélé que le voleur des bijoux les a perdus dans une vaste étendue d'eau et qu'on ne les retrouvera jamais ! »

Alice croyait de moins en moins à ces prétendus messages, cependant elle eut la sagesse de ne pas discuter avec Mme Clark. Elle se borna à lui préciser qu'elle partirait dans la matinée avec ses deux amies et s'engagea à lui téléphoner dès son retour à River City.

Le lendemain matin, Alice, Bess et Marion montèrent à bord d'un quadrimoteur. Le temps était radieux. Une charmante hôtesse leur servit un déjeuner savoureux et passa un bon moment à bavarder avec elles.

Au cours d'une escale, les jeunes filles descendirent faire quelques pas. Quand elles regagnèrent leurs places, le siège voisin de celui de Bess était occupé par une femme brune, d'une quarantaine d'années. La voyageuse les dévisagea l'une après l'autre et engagea aussitôt la conversation.

« Est-ce votre premier voyage en avion ? demanda-t-elle à Bess.

— Non », répondit la jeune fille.

Craignant d'avoir été un peu sèche, elle ajouta :

« Nous nous rendons à La Nouvelle-Orléans.

— Cette ville vous enchantera ! déclara l'inconnue. Dans quel hôtel descendrez-vous ? »

Bess en donna le nom, au vif mécontentement d'Alice. En raison des circonstances qui motivaient ce voyage, elle tenait en effet à garder le secret sur leurs allées et venues, du moins dans toute la mesure du possible. Par gentillesse, elle s'abstint de faire une remarque à son amie. Marion, elle, ne put contenir sa colère et, dès leur arrivée à l'hôtel, ne se fit pas faute d'adresser des reproches à l'imprudente.

« Quelle piètre détective tu fais, Bess. À-t-on idée d'être aussi bavarde ! dit-elle. Tu vas tout raconter à la première personne qui t'adresse la parole. Comment ne te méfies-tu pas d'une femme assez indiscrète pour accabler de questions des inconnues ? »

Bess tenta de se défendre ; selon elle, la voyageuse était charmante et nullement suspecte. Et puis, s'il lui fallait tout le temps subir des reproches, elle préférait regagner River City sur-le-champ. Alice s'interposa.

« Je vous en prie, ne vous disputez pas. Bess a été trop bavarde, mais ce qui est fait est fait, n'y pensons plus. Je propose de vider d'abord nos valises, ensuite de visiter un peu La Nouvelle-Orléans. Il est trop tard pour passer chez M. Johnson, l'ancien employeur de Brex. Nous irons demain, dans la matinée. »

Les deux cousines ne furent pas longues à constater que la jeune détective ne se bornerait pas à contempler les beautés de la ville. Chaque fois qu'elles passaient devant une bijouterie ou une boutique de prêt, Alice les entraînait à l'intérieur et examinait les bijoux exposés dans les vitrines.

Si cette promenade à travers les rues ne répondit pas aux espoirs secrets d'Alice, elle n'en fut pas moins fort agréable. Le vieux quartier de la ville, en particulier, charma les trois amies. Elles ne se lassaient pas d'admirer les demeures ayant appartenu autrefois aux riches familles créoles, les cours anciennes, les murs aux teintes douces, les balcons de fer forgé finement ouvragé.

Du haut d'un de ces balcons, un perroquet au plumage riche en couleurs se mit à jacasser. Une femme noire, souriante, un panier de fleurs posé en équilibre sur sa tête, s'arrêta et leur offrit à chacune une orchidée. Les jeunes touristes s'étonnaient de la diversité des types chez les habitants qu'elles rencontraient ; leur dialecte créole, mélange de français, de cajun et de gumbo avait une douceur étrange.

Bess ne cessait de sourire ; tout la ravissait.

« Ah ! si je pouvais passer un mois dans cette ville ! soupira-t-elle.

— Oui. Ce serait merveilleux ! reconnut Alice. Mais n'oublions pas l'objectif de notre voyage. Entrons dans cette bijouterie. »

C'était bien la quatrième qu'elles visitaient, et Alice elle-même commençait à s'en lasser. Elle ne vit aucun des bijoux volés, ce qui ne la surprit guère.

« Grâce, je t'en supplie, implora Bess. Je meurs de faim. Allons dans un de ces restaurants fameux où l'on vous sert des huîtres cuisinées à l'ail et des crevettes à la créole et...

— ... et tu prendras un kilo de plus », coupa Marion en lançant un regard ironique à sa cousine dont l'embonpoint attirait ses railleries.

Ainsi rappelée à l'ordre, Bess se souvint du régime amaigrissant qu'elle s'était promis de suivre ; elle se contenta d'un repas savoureux mais léger et ne se montra pas trop gourmande.

Après le dîner, les jeunes filles allèrent se coucher et dormirent d'un sommeil paisible.

Le lendemain matin, elles se rendirent chez M. Johnson. Il les reçut aimablement. Alice lui montra les faux bijoux ; il les examina avec soin et les compara avec des bagues et des colliers façonnés par Brex.

« Je crois pouvoir certifier qu'ils sont tous sortis de ses mains », dit-il enfin.

Questionné par Alice, il lui raconta tout ce qu'il savait sur son ancien employé. Né à La Nouvelle-Orléans, Howard Brex était un orfèvre très habile.

« En outre, il dessine à la perfection. Je regrette beaucoup qu'il ait mal tourné.

— Il aurait été libéré pour bonne conduite, m'a-t-on dit, reprit Alice. Sauriez-vous où il habite ?

— Je n'en ai pas la moindre idée ; si je l'apprends, je me ferai un plaisir de vous en informer », répondit M. Johnson.

Alice lui donna son nom et ses adresses, celle à La Nouvelle-Orléans et celle à River City. Tout en suivant ses amies à travers la ville, elle restait pensive.

« Oh ! Comme tout est beau ici ! s'exclama Bess. Nous avons vu le quai des bananiers, le marché, le parc, et ce vieux cimetière où les morts sont enterrés dans des tombeaux surélevés.

— Oui, parce qu'il est situé au-dessous du niveau de la mer, dit Marion.

— C'est ce que nous a expliqué le guide qui nous accompagnait. Il a prétendu aussi que, la nuit, des esprits flottaient dans la pénombre pareils à des écharpes de brume.

— Ce qu'ils sont, déclara Marion dont le bon sens ne s'accommodait guère des récits de fantômes et autres manifestations mystérieuses.

— Ne t'imagine pas que je crois à toutes ces fariboles », dit vivement Bess, piquée au vif.

Après avoir encore parcouru une partie de la ville, elles déjeunèrent dans un petit restaurant sans prétention. Comme elles en sortaient, Alice aperçut une femme qui semblait les guetter.

« Bess, Marion, chuchota-t-elle, ne vous retournez pas. La femme qui était à côté de nous dans l'avion est dissimulée dans l'angle d'un portail, un peu plus bas, à gauche. J'ai l'impression qu'elle nous épie.

— Pourquoi ? » demanda Bess.

Alice ne répondit pas à cette question.

« Si elle nous suit, reprit-elle, cela prouvera qu'elle cherche à connaître la raison de notre présence ici. »

Pour s'en assurer, la jeune fille tourna dans la première rue à droite, puis dans la seconde à gauche. La femme en fit autant.

« Parfait ! fit Alice. Rira bien qui rira le dernier. »

Elle exposa son plan à ses amies. Il s'agissait d'inverser les rôles et de prendre l'inconnue en filature.

« Compris », fit Marion.

Rapidement, elles entrèrent chacune dans une boutique différente. Déconcertée, la femme hésita. De toute évidence, elle ne savait quoi faire. Elle attendit, perplexe, sur le trottoir ; au bout de cinq minutes, de guerre lasse, elle repartit dans la direction d'où elle était venue. Avec prudence, Alice sortit du magasin où elle s'était réfugiée ; Bess, puis Marion en firent autant.

Elles suivirent la femme pendant une centaine de mètres. Bien que les passants qui circulaient à cette heure fussent nombreux, elles ne la perdirent pas de vue. L'inconnue paraissait pressée d'arriver à destination, car elle marchait à vive allure sans jamais ralentir le pas. À un moment donné, elle s'engagea dans une impasse. Alice se précipita juste à temps pour la voir s'engouffrer dans le vestibule d'un immeuble.

Les deux cousines rejoignirent leur amie devant l'entrée. Bess refusa d'aller plus loin. Alice lui fit remarquer que l'endroit paraissait très convenable et, d'un pas décidé, franchit le seuil. On entendait, dans le lointain, un chant très doux.

« Partons », insista Bess.

Sans l'écouter, Alice s'avança dans un couloir mal éclairé.

Bientôt, les jeunes filles se trouvèrent devant une porte au-delà de laquelle le chant s'élevait. Sur une pancarte, elles lurent : ÉGLISE DE L'ÉTERNELLE HARMONIE.

Intriguée, Bess oublia sa peur et voulut frapper au battant. Alice hésitait, prise entre son désir de savoir si l'inconnue de l'avion était à l'intérieur et la promesse faite à son père d'observer la plus extrême prudence au cours de son voyage. Sur ces entrefaites, la porte s'ouvrit. Un homme aux longs cheveux blancs et à la barbe blanche les invita à entrer.

« Le billet n'est pas cher, dit-il avec un sourire. Deux dollars ! Si l'esprit parle, vous aurez la réponse aux questions qui vous tourmentent. »

Alice se faisait une idée, maintenant, du genre de spectacle qui se déroulait à l'intérieur. Comme elle n'avait pas la moindre envie de gaspiller son argent, elle voulut s'en aller, mais Bess pénétra dans la salle. Marion lui emboîta le pas et Alice n'eut plus qu'à en faire autant.

Déjà Bess avait sorti de l'argent de son porte-monnaie et entrait dans une seconde pièce. Marion et Alice ne purent que l'imiter. Elles prirent place toutes trois sur un banc près de la porte. Le silence régnait à présent. Dans la pénombre, elles distinguèrent plusieurs personnes assises sur d'autres bancs disposés en désordre.

À l'un des murs était accroché le portrait grandeur nature d'une femme parée d'une robe datant de plusieurs siècles. Enroulés autour de sa tête, des voiles lui cachaient le visage, ne laissant voir que les yeux et de longs cheveux noirs. Les regards de tous les assistants étaient fixés sur le portrait. L'homme à la barbe blanche leur annonça qu'ils étaient invités à invoquer l'esprit de cette femme.

« Elle est encore très loin. Rassemblons-nous autour de cette table, ajouta-t-il d'une voix chantante. Les esprits se joindront peut-être à nous. »

Bess s'apprêtait à s'avancer ; Alice la retint d'une main ferme. Plusieurs des personnes présentes dans la salle se levèrent et prirent place autour d'une table ovale. Le vieillard s'assit à un bout, le dos tourné au mur, à quelques pas du portrait.

« Plus un mot ! » ordonna-t-il.

Il se fit un silence de mort. Alice ne quittait pas la table du regard. L'homme à la barbe blanche gardait une immobilité absolue. Un sourire glissa sur ses traits.

« L'esprit approche », annonça-t-il d'une voix à peine audible.

À peine venait-il de prononcer ces mots que trois coups retentirent. Le vieillard en donna la signification : « Me voici ! » Après avoir invité les participants à poser des questions, il ajouta :

« Lorsque l'esprit frappera un coup, cela voudra dire : oui ; deux coups : non ; cinq coups : un danger menace celui qui m'interroge. »

Pendant quelques secondes nul n'osa proférer une parole. L'esprit frappa de nouveau trois coups. Alors, une femme éleva la voix :

« Mon enfant guérira-t-il ? »

L'esprit frappa un coup. La femme poussa un soupir de soulagement. Un nouveau silence suivit. Alice vit Bess se pencher. Devinant qu'elle se disposait à parler et craignant qu'elle ne fît allusion au mystère des bijoux, elle lui murmura à l'oreille :

« Je t'en conjure, tais-toi ! »

« Silence ! ordonna le vieillard. Vous allez mettre en fuite l'esprit bienfaisant. Le malheur guette celui qui trouble nos silences. »

Les lumières s'éteignirent. La salle fut plongée dans l'obscurité totale.

Soudain sur le mur, au-dessus du portrait, une faible lueur brilla. Elle grandit et le portrait parut s'animer. Bess et Marion se rapprochèrent d'Alice.

Bess serra le bras de son amie au point de lui arracher une plainte, vite étouffée. Stupéfaites, les trois jeunes filles retinrent à grand-peine un cri : le portrait vivait !

L'homme à la barbe blanche se leva.

« Mes amis, dit-il, Amourah a consenti à venir vers nous. Elle accepte de nous parler. Mais elle ne répondra qu'aux questions les plus importantes. Ne vous approchez pas davantage, sinon son esprit s'envolerait. »

Du fond de la salle, la voix tremblante d'une jeune fille se fit entendre :

« Je vous en supplie, dites-moi si Thomas me reviendra et s'il m'épousera. »

Amourah baissa les yeux et hocha la tête.

« Merci, oh ! merci ! » s'écria la jeune fille tout heureuse.

De nouveau, Alice sentit que Bess s'apprêtait à poser une question. Elle lui ferma la bouche avec sa main. Autour du portrait, la lumière commençait à pâlir.

« Attends ! Attends, Amourah ! cria un homme. Que me conseilles-tu ? Dois-je garder l'emploi que j'occupe ? »

Amourah secoua lentement la tête. La lumière disparut. Cinq coups rompirent le silence qui venait de s'établir.

« Un danger vous menace là où vous travaillez », interpréta le médium à la barbe blanche.

Quatre coups retentirent.

« Hélas ! l'esprit nous quitte », reprit le vieillard.

Quelques secondes passèrent au plafond, des lampes s'allumèrent. Le vieil homme se leva, s'inclina très bas devant le portrait, puis exprima le regret que l'esprit n'ait pu répondre à toutes les personnes présentes.

« Si vous désirez connaître l'avenir, dit-il, allez chez le photographe, M. Bogard ; il est en relation avec le monde des esprits. De temps à autre, ceux-ci consentent à inscrire des messages sur ses clichés. »

Le médium fit sortir ses clients, non sans les avoir invités à s'incliner devant Amourah. Marion eut la témérité de toucher la toile. Aucun doute n'était permis, ce n'était qu'un portrait. Dans la rue, les trois jeunes filles s'arrêtèrent afin d'échanger leurs impressions.

« Quelle séance extraordinaire ! » s'exclama Bess qui s'enthousiasmait facilement.

Elle voulut se rendre aussitôt chez le photographe.

« En voilà une idée ! protesta Marion. Tu as déjà dépensé deux dollars pour rien.

— À cause d'Alice qui m'a empêchée de poser une question, repartit Bess. Mais la réponse sera peut-être imprimée sur la photo que je ferai prendre. »

À la surprise de Marion, Alice encouragea Bess dans son dessein au lieu de l'en dissuader.

Elles s'adressèrent aux personnes qui sortaient de la séance de spiritisme pour avoir l'adresse du photographe, l'une d'elles la leur fournit. Il demeurait un peu plus loin. Suivant la direction indiquée, les jeunes filles arrivèrent au milieu d'une cour à laquelle on accédait par un long corridor. Au fond de cette cour, un escalier de fer conduisait à une porte sculptée portant la plaque professionnelle.

« Allons-y, puisque Bess le veut ! » dit Marion en riant.

Elles pénétrèrent dans un studio d'aspect triste mais bien meublé. Le propriétaire, un petit homme aux yeux de braise, coiffé d'un béret enfoncé sur une oreille, se montra si empressé qu'elles se demandèrent s'il avait beaucoup de clients.

Alice voulut savoir quels étaient ses prix. Le tarif étant raisonnable, les trois amies décidèrent de se faire photographier.

« Les épreuves seront à votre disposition demain dans la matinée, promit M. Bogard.

— Nous aimerions voir les négatifs », s'empressa de dire Bess.

Le photographe posa sur elle un regard inquisiteur.

« Auriez-vous appris que parfois... »

Il n'acheva pas sa phrase et disparut dans la chambre noire. Il en ressortit avec deux plaques ruisselantes d'eau. Les portraits de Marion et de Bess étaient excellents. À la vive déception de Bess, pas la moindre trace d'écriture ne s'y décelait.

« Et où est la photographie de notre amie ? » demanda Marion en désignant Alice.

M. Bogard retourna dans la chambre noire et en revint presque aussitôt. À la vue de la plaque mouillée, Alice retint son souffle. Au-dessous de son image, il y avait ces mots : *Attention à la requête de votre cliente !* Bess pâlit :

« Tu vois ! Un esprit t'adresse un message. Il te met en garde...

— Oui, coupa le photographe. Il vous conseille de

renoncer à votre entreprise. Jeune demoiselle, ne prenez pas à la légère cet avertissement.

— Je ne manquerai pas d'en tenir compte », répondit Alice d'un ton assez sec.

Les mâchoires serrées, elle regardait derrière l'homme.

Elle venait d'entrevoir, dans la chambre noire, l'inconnue de l'avion. L'instant d'après, les lumières du studio s'éteignirent. Les fenêtres étant obturées par d'épais rideaux, ce fut l'obscurité la plus complète. Alors un vent froid envahit la pièce Alice sentit une main moite se poser sur son visage et glisser vers sa gorge...

Chapitre 4

Une singulière aventure

Bess hurla de peur. Avec sa présence d'esprit coutumière, Marion longea le mur à tâtons et finit par trouver un interrupteur. La pièce s'éclaira aussitôt.

À leur grand effroi, les deux cousines virent le photographe étendu à leurs pieds... sans connaissance ! Bess fit un pas vers lui mais s'arrêta net en entendant Marion demander d'une voix rauque :

« Où est Alice ? »

Leur amie avait disparu !

En proie à une folle angoisse, Bess et Marion oublièrent l'homme inanimé. Elles cherchèrent leur amie dans la chambre noire, dans la cuisine contiguë.

« Alice ! Alice ! appelait Marion. Où es-tu ? »

Aucune réponse ne leur parvint.

« Elle s'est volatilisée, fit Bess qui tremblait de la tête aux pieds. Ce studio est hanté !

— Trêve de sottises ! dit Marion non sans brusquerie.

— Mais où est Alice ? Et M. Bogard ne reprend pas connaissance, gémit Bess. Il est... il... il est peut-être... et Alice... Oh ! Que faire ?

— Alerter la police au plus vite », décida Marion.

Elles se précipitèrent hors du studio, descendirent en courant les marches de fer rouillé, traversèrent la cour déserte et se retrouvèrent dans la rue. Par chance, un agent de police faisait les cent pas sur le trottoir à quelques mètres de l'immeuble. Les deux cousines lui résumèrent brièvement les faits.

« Que me racontez-vous là ? s'exclama le policier. Quelqu'un a disparu ? »

Il suivit les jeunes filles. À leur entrée dans le studio, le photographe battit des paupières et se redressa sur un coude.

« Qui m'a frappé ?

— C'est ce que nous aimerions savoir, répondit l'agent. Il se passe d'étranges choses chez vous ! Racontez-nous ce qui vous est arrivé.

— Je montrais à ces jeunes filles un négatif que je venais de développer, quand la lumière s'est éteinte. J'ai reçu un violent coup sur la tête... c'est tout ce dont je me souviens.

— Qu'est devenue la jeune fille qui nous accompagnait ? » demanda Bess.

Le photographe gagna péniblement un fauteuil et, jetant un regard glacial à la jeune fille, haussa les épaules.

« Comment le saurais-je ? répondit-il.

— Où est le négatif sur lequel on prétendait que l'esprit avait écrit un message ? intervint Marion. Envolé, lui aussi ?

— Sans doute », se contenta de répondre M. Bogard.

L'agent prit un air sceptique et, sans mot dire, inspecta soigneusement les lieux. Pas la moindre trace d'Alice ni du négatif. Il émit alors une supposition :

« Il est possible que votre amie soit rentrée chez elle. »

Ce n'était pas l'avis des deux cousines ; inquiètes, ne sachant quoi faire, elles prièrent l'agent de mettre le photographe en état d'arrestation. L'agent s'y refusa, objectant, non sans raison, que l'homme n'avait commis aucun acte tombant sous le coup des lois. Le malheureux avait été victime d'une agression, n'était-ce pas plutôt à lui de porter plainte ?

« Ne vous tourmentez pas, mesdemoiselles, ajouta-t-il. Les jeunes filles ne disparaissent pas si facilement que cela dans notre ville. Je vais prévenir mes chefs, et ils prendront les mesures nécessaires. Veuillez m'accompagner au poste du quartier, car nous aurons besoin d'une description détaillée de votre amie. »

Peu après, Bess et Marion regagnèrent leur hôtel en taxi. Pâles, les traits tirés, elles se mirent à arpenter leur chambre, incapables de s'asseoir si grande était leur angoisse.

« Si Alice n'est pas revenue d'ici une demi-heure, dit enfin Bess, il faudra téléphoner à M. Roy. Seigneur ! L'inquiétude va me rendre folle...

— Écoute ! » » coupa Marion.

Des pas résonnaient dans le couloir. Elles s'immobilisèrent, le cœur battant à se rompre. La porte s'ouvrit. Alice entra en titubant. Ses cheveux étaient décoiffés, ses vêtements froissés et salis. Paraissant à bout de forces, elle se laissa choir sur le lit.

« Salut ! fit-elle avec un sourire ironique et las. Je vous ai fait peur ? »

Bess et Marion coururent à elle et la serrèrent dans leurs bras.

« Es-tu blessée ? Que t'est-il arrivé ? Raconte », répétaient-elles en l'embrassant.

Alice commença son récit à partir du moment où,

dans le studio plongé dans l'obscurité, une main lui avait serré le cou.

« J'ai essayé de crier : pas un son n'est sorti de ma gorge. Je me suis sentie soulevée par des bras robustes et emportée hors de la pièce.

— Où ? demanda Bess.

— Je ne pouvais pas voir. On m'avait bâillonnée et aveuglée avec un linge mouillé. Je me suis retrouvée pieds et poings liés dans le sous-sol d'une maison inhabitée, proche du studio.

— Comment as-tu réussi à t'échapper ? intervint Marion.

— Je me suis contorsionnée dans tous les sens, j'ai tiré sur les cordes, et, enfin, je suis parvenue à m'en défaire. Ensuite, je n'ai plus eu qu'à sortir par un soupirail, heureusement assez large, et à venir ici.

— As-tu relevé le numéro de la maison ? questionna encore Marion. Je pense que nous devrions demander à la police d'effectuer une perquisition.

— Dès que j'aurai pris un bain et me serai changée, nous irons au poste », répondit Alice.

Pendant que la jeune fille s'habillait, elles discutèrent toutes trois des incidents de la journée. Marion et Bess étaient convaincues que le photographe avait usé d'un subterfuge pour inscrire le message sur le négatif.

« Rien de plus facile, expliqua Marion. Il lui aura suffi d'utiliser une plaque préalablement exposée aux lettres imprimées.

— Oui, mais une autre chose me trouble, dit Alice. Tout a été préparé par l'inconnue de l'avion. Le photographe n'est, selon moi, qu'un exécutant, excellent acteur soit dit en passant. Il faut que nous retrouvions la plaque sur laquelle le message est inscrit.

— Impossible. Elle a disparu », répondit Marion.

Cette nouvelle ne fit que renforcer les soupçons d'Alice. Aussitôt prête, elle se rendit avec ses amies au poste de police où sa disparition avait été signalée. Un inspecteur reçut l'ordre d'accompagner les jeunes filles à l'endroit où Alice avait été séquestrée. Il inspecta de fond en comble l'immeuble, sans découvrir le moindre indice. Les cordes qui avaient servi à immobiliser la captive avaient disparu.

« C'est encore un esprit qui les aura emportées », dit ironiquement Marion.

À sa vive surprise l'inspecteur répondit :

« Ce n'est pas la première fois que nous relevons des faits étranges dans ce quartier de la ville. »

Ils allèrent ensuite chez le photographe — en pure perte. L'homme maintint ses précédentes déclarations : l'esprit avait emporté le cliché représentant Alice, alors qu'il était lui-même sans connaissance.

De retour dans leur chambre d'hôtel, Marion regarda Alice d'un air songeur.

« Ne trouves-tu pas bizarre l'avertissement : "Attention à la requête de votre cliente"? lui demanda-t-elle. Crois-tu qu'il s'agisse de Mme Clark ?

— Sans aucun doute, répliqua Alice. Je n'en suis que plus décidée à me consacrer entièrement à cette affaire.

— Alice, intervint Bess, nous n'avons plus rien à faire ici. Nous devrions rentrer à River City et mettre Mme Clark au courant de nos démarches.

— Oui, d'autant plus que, de son côté, elle a peut-être reçu un autre message ! renchérit Marion.

— Crois-tu qu'elle assiste à des séances de spiritisme comme celle de tantôt, reprit Bess, et qu'elle s'imagine ensuite, dans ses rêves, entendre la voix de son mari ?

— Cela n'aurait rien d'impossible, répondit Alice. L'ennui, c'est que jamais elle ne consentira à l'admettre. »

Bess et Marion étaient enchantées de quitter La Nouvelle-Orléans. La mésaventure survenue à leur amie les avait effrayées, et elles redoutaient qu'il ne lui arrivât un accident grave. Alice, quant à elle, hésitait à partir. Quel que fût le danger qui la menaçait, elle estimait que le plus important était de retrouver la femme mystérieuse. Néanmoins elle se rangea à l'avis des deux cousines. Après tout, elles n'avaient pas tort, il serait intéressant de consulter Mme Clark.

« Plusieurs personnes veulent se débarrasser de moi ou, du moins, me décourager, dit-elle. L'inconnue de l'avion est certainement du nombre. »

Marion téléphona à l'aéroport et apprit qu'un avion partirait pour River City dans une heure.

En quelques minutes, les trois amies eurent bouclé leurs valises, réglé la note de l'hôtel et fait appeler un taxi. Le voyage de retour s'effectua sans anicroche et elles bavardèrent à loisir. Alice était curieuse de savoir quelle question Bess avait voulu poser à Amourah.

« Tu connais Mme Imbert, la femme de ménage qui vient chez nous une fois par semaine ? dit Bess. Elle a une fille de dix-huit ans, Lola, et elle se tourmente beaucoup à son sujet. »

Alice se souvenait de cette femme douce, effacée, toujours souriante malgré les nombreuses épreuves qu'elle avait traversées. Son mari faisait un long séjour dans un sanatorium, et elle se débattait pour arriver à payer les dettes accumulées depuis le début de sa maladie.

« Oui, mais que viennent faire Mme Imbert et Lola dans cette histoire ? » demanda Alice.

Lola, d'ordinaire gaie et enjouée, se montrait depuis quelque temps sombre, maussade, expliqua Bess. Elle agissait comme dans un rêve. Mme Imbert s'inquiétait d'autant plus que sa fille n'avait pas de chagrin d'amour et occupait un emploi dont elle ne se plaignait pas.

« Elle a un bon salaire, ajouta Bess, et elle en remettait la plus grande partie à sa mère. Or, elle ne lui donne plus un sou et refuse de dire quelle est la raison de ce changement d'attitude.

— Bah ! Ce n'est qu'une égoïste, intervint Marion.

— Non, il lui est arrivé quelque chose, insista Bess. Je t'en prie, Alice, va lui parler. À toi il se peut qu'elle consente à se confier.

— Volontiers, répondit Alice. Donne-moi son adresse, j'irai la voir dès que possible. »

Alice tint sa promesse le lendemain même de son retour à River City. Après avoir téléphoné à Mme Clark et pris rendez-vous, elle se rendit chez Lola Imbert, gara sa voiture devant la petite maison et monta lentement les marches qui conduisaient à la porte d'entrée. « Comment vais-je l'aborder ? » se demandait-elle un peu inquiète.

Bess avait annoncé à Mme Imbert l'éventuelle visite d'Alice. À peine celle-ci eut-elle sonné que la mère de Lola ouvrit. Ses yeux aux paupières rouges montraient qu'elle venait de pleurer.

« Comme je suis contente de vous voir, dit-elle d'une voix triste. Lola n'est pas allée à l'usine aujourd'hui. Depuis ce matin, on dirait qu'elle est en transe. Je vous en supplie, faites quelque chose pour elle. »

Chapitre 5

Les ramilles entrecroisées

« Lola, ma chérie, c'est Mlle Roy ! » cria Mme Imbert.

Elle conduisit Alice dans la petite cour où sa fille était assise, immobile, le regard vague, perdu. Lola ne tourna même pas la tête.

« À quoi bon ! soupira Mme Imbert. Elle refuse de parler à qui que ce soit.

— Elle n'aura pas besoin de parler, répondit Alice gentiment. Je voudrais l'emmener à la campagne. Il fait un temps radieux et j'ai envie de faire une promenade en voiture. »

Lola ne manifesta aucun enthousiasme, elle n'osa cependant pas protester quand Alice l'invita à monter dans son cabriolet. Elle s'y assit, l'air toujours absente, comme hypnotisée.

Alice feignit de ne pas prêter attention à sa maussaderie. Au sortir de la ville, elle suivit une route pittoresque qui longeait la rivière. Le silence prolongé parut gêner un peu Lola ; elle ne cessait de rejeter en arrière une mèche rebelle. À plusieurs reprises, elle coula un regard vers Alice.

Enfin, incapable de supporter plus longtemps ce silence, elle demanda :

« Pourquoi êtes-vous venue me chercher ?

— Parce que vous êtes malheureuse, répondit Alice. Quelque chose vous tourmente et vous n'osez pas le confier à votre mère, n'est-ce pas ? Est-ce à propos de votre travail ?

— Plus ou moins, confessa Lola. Je n'ai pas été renvoyée, non, il ne s'agit pas de cela, mais mon salaire ne m'appartient plus... »

Elle s'interrompit brusquement et regarda Alice avec une lueur d'effroi dans les yeux. Ce que venaient de prononcer ses lèvres, elle n'avait pas eu l'intention de le révéler.

« Ne voulez-vous pas tout me raconter ? demanda Alice. Je serais si heureuse de vous aider.

— C'est impossible. J'ai fait le vœu de renoncer à mon salaire.

— Qui vous a incitée à une pareille folie ? À qui remettez-vous votre argent ?

— Je n'ai pas le droit de vous le dire, répondit la jeune fille en baissant la tête.

— Et votre mère ? Avez-vous pensé à elle ? Elle a besoin d'une partie de votre salaire non seulement pour payer ses dettes, mais aussi pour vous nourrir, vous habiller.

— Taisez-vous, par pitié. Cette pensée me torture. Je me suis engagée on ne revient pas sur un serment. Je ne peux pas dire la vérité à ma mère. Dans quel effroyable pétrin me suis-je mise ! Je voudrais être morte !

— Ne parlez pas ainsi. Si j'étais à votre place, je romprais cette promesse que seul quelqu'un de malhonnête a pu vous arracher.

— Vous croyez ? Oh ! si seulement j'en avais le courage !

— Votre mère vous parlerait comme moi, j'en suis sûre.

— Oui, vous avez raison, convint Lola. J'ai été folle. »

Alice conversa amicalement avec la jeune fille le long du chemin de retour ; elle tenta de lui faire dire à qui elle remettait son salaire. Lola resta muette sur ce point.

Avant de quitter Alice, la jeune fille la remercia et s'engagea à suivre ses conseils. Le lendemain, Bess vint chez les Roy et annonça à son amie que Lola Imbert semblait avoir retrouvé son état normal.

« Comme je suis contente ! s'écria Alice. J'espère que la personne qui lui soutirait la plus grande partie de ses gains va désormais se tenir tranquille. »

Après le départ de Bess, Alice se rendit chez Mme Clark.

« Quelle joie de vous revoir, dit la veuve en lui ouvrant la porte. Pendant votre absence, je me suis souvenue d'un détail que j'avais omis de vous confier. Quand mon cher défunt m'a conseillé de cacher mes bijoux, il m'a précisé de chercher dans le bois un signe : trois ramilles entrecroisées posées sur le sol ; je devrais enterrer l'écrin à deux mètres d'elles, en direction d'un grand châtaignier. Je me suis conformée à ses instructions.

— Oh madame, je regrette que vous ne me l'ayez pas dit quand nous étions dans la clairière ! » s'exclama Alice.

Elle consulta son bracelet-montre et ajouta :

« Il est à peine quatre heures. Je vais aller avec mes amies voir si les brindilles sont encore à leur place. »

Au cours du trajet, Bess et Marion posèrent maintes questions auxquelles Alice ne put répondre.

« Comment n'ai-je pas remarqué un signe aussi important ? se demandait-elle. La personne qui a enlevé le morceau de métal s'est sans doute empressée de faire également disparaître cet indice. »

Pourtant, dès leur arrivée, les jeunes filles aperçurent les ramilles entrecroisées sur le sol, au milieu de la clairière. Elles étaient si parfaitement disposées que le hasard ne pouvait en être responsable. Un doute se glissa dans l'esprit d'Alice : étaient-ce bien celles que Mme Clark avait vues ? Cela paraissait impossible. La pluie et le vent les auraient déplacées.

« Ce signal servirait, selon toi, au voleur pour communiquer avec d'éventuels complices ? demanda Bess.

— Quelle idée farfelue ! grommela Marion. Pourquoi... »

Elle se tut brusquement. Entre les arbres, elle venait d'apercevoir une tache blanche.

« Quelqu'un nous épie, murmura-t-elle.

— En es-tu sûre ? dit Alice. Je n'ai rien vu d'inquiétant. Avançons en nous dissimulant, nous verrons bien. »

Prenant garde de ne pas marcher sur des branches mortes, les jeunes filles pénétrèrent dans le sous-bois. À travers les buissons, elles virent, de dos, une jeune fille ou une jeune femme aux longs cheveux d'or.

« Tiens ! On dirait Lola Imbert ! » fit Alice, très agitée.

L'inconnue s'accrochait à la branche d'un gros châtaignier.

« Elle cache quelque chose ! » chuchota Alice.

Sans même avoir tourné la tête vers l'endroit d'où les trois amies la surveillaient, la jeune fille partit dans la direction opposée. Bientôt, elle fut hors de vue.

Alice courut au châtaignier. Se haussant sur la pointe des pieds, elle plongea la main dans un creux du tronc.

« Qu'y a-t-il ? demanda Marion qui brûlait d'impatience.

— Attends une seconde. »

Elle en retira une enveloppe cachetée. Les deux cousines l'entourèrent.

L'enveloppe ne portait ni nom ni adresse mais trois brindilles grossièrement dessinées au crayon.

« Le mystère s'épaissit, déclara Marion.

— Ouvre, dit Bess.

— Oui, je m'en sens le droit parce qu'elle contient, j'en suis convaincue, de l'argent destiné au voleur des bijoux de Mme Clark. »

Cette hypothèse, que rien de sérieux n'étayait encore, fut cependant approuvée par Bess et par Marion. Le flair de leur amie ne pouvait être mis en défaut !

Avec le plus grand soin, Alice passa son pouce sous la partie collée qui se détacha peu à peu. L'enveloppe contenait une feuille de papier et dix billets de cinq dollars.

Au bas de la page blanche un simple mot en caractères d'imprimerie : SADIE. Ce n'était donc pas Lola.

« Cinquante dollars ! s'exclama Bess.

— Qui pouvait être cette jeune fille ? demanda Marion.

— Et pourquoi a-t-elle déposé cet argent ici ? dit Alice. Essayons de la rattraper. »

Se ravisant, elle ajouta :

« Il est possible que le voleur vienne chercher son enveloppe. Je vais rester ici. »

L'idée que leur amie pût courir un danger n'effleura même pas les deux cousines. Elles partirent à toute vitesse, laissant Alice seule près du châtaignier. La jeune détective replaça l'enveloppe dans le creux de l'arbre et se mit en observation à quelques mètres, bien cachée dans un taillis.

Chapitre 6

La silhouette blanche

Adossée à un tronc d'arbre, Alice crut entendre un léger bruit de pas. Aussitôt en alerte, elle se redressa, écouta de toutes ses oreilles : aucun son ne lui parvint.

« C'était un animal », conclut-elle.

Elle promena le regard autour d'elle. Selon toute apparence elle était seule ; pourtant, elle ne se sentait pas rassurée, son instinct l'avertissait d'une présence invisible.

Agacée, elle se morigéna :

« Ah ! non, je ne vais pas me laisser impressionner par la solitude. »

Au même moment, après avoir poursuivi inutilement la jeune fille blonde, Bess et Marion revenaient en silence. Comme elles approchaient du grand châtaignier, Marion fut surprise de voir une branche dénudée s'abaisser lentement vers le sol ; or il n'y avait pas la moindre brise.

« Bess, regarde ! » commença-t-elle. Elle s'interrompit :

« Ne fais pas attention, dit-elle d'une voix hésitante. C'est parti.

— Qu'est-ce qui est parti ? voulut savoir Bess.

— Une branche. Ce devait être une illusion d'optique.

— Une quoi ?

— Oh ! rien, fit Marion, énervée. Ne t'inquiète pas. Allons plutôt rendre compte du piètre résultat de notre poursuite. »

En entendant ses amies, Alice se porta à leur rencontre.

« Seules ? Vous n'avez donc pas pu la rattraper ? dit-elle, déçue.

— Nous avons joué de malchance, répondit Bess. Nous n'avons même pas entrevu son visage.

— Nous avons relevé ses traces jusqu'à la grande route où elle aura sans doute sauté dans un autobus, ajouta Marion. Nous sommes navrées. »

Alice se dirigea lentement vers le châtaignier.

« J'ai envie de rapporter l'enveloppe avec l'argent à la maison, dit-elle. Je demanderai à papa ce qu'il convient d'en faire. »

Se dressant sur la pointe des pieds, Alice inspecta du bout des doigts le creux. Une expression étonnée se peignit sur ses traits.

« L'enveloppe a disparu ! s'exclama-t-elle.

— C'est impossible ! » fit Bess.

Alice tâtonna encore et secoua la tête.

« Je sens le fond. Il n'y a rien et pourtant personne n'est venu.

— Comment cela a-t-il pu se produire ? bégaya Bess, les yeux agrandis par l'effroi.

— J'ai une idée, intervint Marion. Quelqu'un a pu grimper à un autre arbre, se glisser sur une branche jusqu'au châtaignier et enlever l'enveloppe d'en haut.

— Les arbres sont si rapprochés et si feuillus que

ce n'est pas impossible, approuva Alice. J'ai entendu des pas !

— Oh je me rappelle... », fit Marion très excitée.

Elle raconta à son amie qu'elle avait cru voir une branche se courber.

« Elle était dénudée, c'est ce qui a attiré mon attention. En y réfléchissant, je pense qu'il s'agissait plutôt d'une sorte de longue perche.

— Ou plutôt d'une canne à pêche munie d'un crochet dont le voleur se serait servi pour accrocher l'enveloppe, dit Alice.

— Peut-être, fit Marion.

— À mon tour d'avoir une idée, reprit Alice. L'objet métallique que j'ai vu l'autre jour n'était sans doute qu'une partie d'une canne à pêche démontable. Et son propriétaire était là tout à l'heure.

— C'est sûrement lui qui a volé les bijoux de Mme Clark, conclut Bess.

— Marion, cette baguette que tu as aperçue t'a-t-elle paru venir de l'arbre ou des buissons ? demanda Alice.

— Je ne saurais le dire, répondit Marion. D'où j'étais, il m'a semblé la voir s'incliner d'un arbre situé derrière le châtaignier. »

Le voleur ne pouvait donc être loin ! Ou il s'était faufilé à travers les buissons, ou il avait grimpé à un autre arbre, ou il courait vers la route.

Les jeunes filles regagnèrent le cabriolet. Elles décidèrent de revenir discrètement de temps à autre guetter d'éventuels visiteurs. En effet, il semblait bien qu'un ou plusieurs escrocs se faisaient déposer des sommes importantes dans cette clairière par des personnes trop crédules. « N'y aurait-il pas un lien entre tout cela et l'étrange comportement de Lola ? » se demandait Alice.

En arrivant à River City, la jeune fille déposa les deux cousines chez leurs parents. Ensuite elle regagna sa maison. Comme elle s'engageait dans l'avenue intérieure du jardin, elle vit une voiture de sport, vert foncé, garée devant le perron. Elle freina, arrêta le moteur et descendit.

« Bonjour, Alice ! cria le conducteur, le visage fendu en un large sourire. Je suis en avance.

— Et moi, en retard, répondit Alice en riant. Pardonne-moi, Ned, je suis aux prises avec un sombre mystère. »

Une semaine plus tôt, elle avait accepté de participer à un dîner pique-nique organisé par les étudiants d'Emerson qui passaient leurs vacances à River City. Le vol des bijoux de Mme Clark, les ennuis de Lola, le voyage impromptu à La Nouvelle-Orléans lui avaient fait oublier cette promesse.

« Attends-moi, je serai prête dans dix minutes », promit-elle.

Ned s'assit sur la terrasse tandis qu'elle courait prendre une douche et changer de vêtements. En redescendant, elle s'arrêta au passage pour dire au revoir à Sarah.

« Je ne te vois presque plus », se plaignit la gouvernante. Avec un bon sourire, elle ajouta :

« Amuse-toi bien et oublie tes préoccupations.

— Comment le pourrais-je ? répondit Alice en riant. Tu me connais : quand je m'occupe d'une affaire difficile, je ne cesse d'y penser. »

Alice ignorait le lieu du pique-nique. Quelle ne fut pas sa surprise en découvrant que l'emplacement choisi se trouvait à moins d'un kilomètre du mystérieux châtaignier.

« Pourrais-tu m'accorder une faveur ? demanda-t-elle tout à coup à Ned.

— Bien sûr.

— Je vais te confier un secret si tu consens à m'aider. »

Ned le promit volontiers. N'était-il pas le meilleur ami d'Alice ? La jeune fille lui parla de l'argent placé dans le creux de l'arbre, de sa curieuse disparition et des soupçons conçus à ce sujet.

« Je flaire quelque chose de très louche là-dessous, conclut-elle.

— Et tu voudrais que nous nous arrêtions en chemin pour voir si une autre enveloppe n'aurait pas été déposée entre-temps, dit Ned. À vos ordres, mademoiselle la détective. »

Le creux de l'arbre était vide, mais Alice constata que les brindilles entrecroisées avaient été enlevées. Quelqu'un était venu ! Ned dut promettre de repasser par là de temps à autre afin de surprendre, si possible, victimes ou escrocs supposés.

Jeunes gens et jeunes filles attendaient Ned et Alice sur la rive de la Muskoka. Tous deux étaient très aimés de leurs amis et leur arrivée fut saluée par des plaisanteries et des cris de joie. On leur tendit des hot-dogs et des morceaux de fromage.

Le repas terminé, ils chantèrent tous en chœur. Quelques-uns montèrent dans des canots.

« Allons faire une promenade sur la rivière, Alice », proposa Ned.

La jeune fille s'assit à la proue d'une embarcation dont Ned prit les rames. Doucement ils remontèrent le fleuve. La lune brillait sur le faîte des arbres et faisait miroiter l'eau. Le jeune homme dirigea le canot vers une petite anse et le laissa filer sur son erre.

« Quelle belle nuit ! dit-il. J'aimerais... »

Un cri poussé par Alice l'interrompit.

« Là-bas ! Regarde, Ned ! »

Ned sursauta à la vue d'une longue silhouette blanche qui, pareille à un fantôme, descendait de la rive et entrait dans l'eau.

« Oh ! » s'exclama-t-il.

Il saisit les rames et les plongea dans le fleuve. Comme le canot virait, Alice distingua clairement la silhouette habillée de blanc. Sa gorge se serra d'angoisse.

Bras tendus en avant, pareille à un automate, Lola Imbert s'enfonçait de plus en plus dans la Muskoka.

Chapitre 7

Hypnotisée

« Vite, Ned ! s'écria Alice en empoignant un second jeu de rames. Elle va perdre pied d'une minute à l'autre. Il faut la sauver ! »

Ned n'avait pas besoin d'être stimulé. Il lança l'embarcation en avant de toutes ses forces.

« Lola, ne bougez pas ! Arrêtez-vous ! » cria Alice.

La jeune fille ne parut pas entendre. Les bras toujours tendus en avant, elle continuait d'avancer.

« Je... je viens... », disait-elle.

Comme Alice le craignait, le fond se creusait brusquement. Une seconde plus tard, Lola eut de l'eau jusqu'à la taille, l'instant d'après sa tête disparut. Cette immersion dut la faire sortir de son état de transe ; elle se mit à se débattre frénétiquement. Sans doute ne savait-elle pas nager.

Tandis qu'Alice immobilisait le canot, Ned se jeta dans la rivière, et saisit la malheureuse qui, terrorisée, s'agrippa à lui ; il nagea en la soutenant vers la rive. Très vite, ils reprirent pied.

Lola fut hissée et étendue dans le canot. Elle était

à demi inconsciente. Penchée sur elle, Alice l'entendit murmurer : « La main me fait signe. »

« Seigneur ! fit Ned, l'air inquiet. Elle me paraît plutôt mal en point.

— Ramenons-la tout de suite chez elle », suggéra Alice.

Les deux jeunes gens saisirent les rames et, en silence, redescendirent le fleuve pour gagner l'emplacement du pique-nique, près duquel ils avaient laissé la voiture. Durant le trajet de retour, Lola reprit conscience. Elle se redressa sur un coude, dévisagea Alice et la reconnut.

« Lola, pourquoi avanciez-vous ainsi dans l'eau ? demanda celle-ci.

— Je ne sais pas, répondit faiblement Lola.

— Vous avez parlé d'une main qui vous faisait signe...

— Vraiment ? »

Les yeux de Lola s'étaient agrandis ; l'effroi se peignit sur son visage.

« Vous avez cru que quelqu'un vous appelait ?

— Écoutez, mademoiselle, je vous suis reconnaissante de m'avoir sortie du fleuve, mais ne me posez pas de questions. »

Parler lui coûtait un visible effort.

« Pardonnez-moi, répondit Alice. Je cherchais à vous aider. »

Sans rien ajouter, elle retira son léger chandail et en passa l'encolure par-dessus la tête de la rescapée dont les dents claquaient.

Peu après avoir amarré le bateau, elle fit monter la malheureuse dans la voiture de Ned tandis que celui-ci subissait les quolibets de ses camarades.

« Oh ! la vilaine Alice ! Elle t'a jeté dans la rivière ? » plaisanta l'un d'eux.

Ned s'ébroua comme un jeune chien et répondit avec bonne humeur à leurs taquineries. Puis il prit le volant et démarra en trombe.

Chez les Imbert, Alice et Ned s'attardèrent le temps nécessaire pour s'assurer que Lola n'avait pas gravement souffert de son bain forcé.

« Je vous en prie, implora Mme Imbert. Ne parlez à personne de ce qui s'est passé. Lola est sortie de bonne heure ce soir sans me dire où elle allait. Je ne comprends pas pourquoi elle est partie du côté de la rivière.

— Peut-être avait-elle un rendez-vous ? suggéra Alice.

— Non, pas que je sache. Oh ! mademoiselle, je vous en supplie, éclaircissez ce point.

— Je vous le promets », répliqua Alice d'une voix ferme.

Rentrée chez elle, la jeune fille s'installa dans la bibliothèque et y resta longtemps assise, à réfléchir. Désireux d'attirer son attention, Togo se mit à lui lécher la main.

« Que penses-tu de tout cela, Togo ? demanda sa maîtresse en le caressant. À quoi pouvaient bien faire allusion les mots : “cette main qui me fait signe”? »

Togo regarda intensément Alice et remua la queue. On aurait dit qu'il attendait d'autres questions. Alice passait en revue les divers incidents des jours derniers, cherchant quel lien il pouvait y avoir entre eux — si toutefois il y en avait un. Howard Brex y était-il mêlé ? Dans quelle mesure ? De fait, on ignorait tout de son existence depuis sa sortie de prison.

« J'ai bien envie d'écrire à son ancien patron de La Nouvelle-Orléans. Qu'en penses-tu, Togo ? » demanda Alice à son chien.

Togo aboya deux fois en guise d'approbation.

Alice éclata de rire.

« Merci, Togo, de m'encourager. C'est bon ! Je vais écrire. »

Elle rédigea une lettre brève à l'adresse de M. Johnson où elle décrivit le signe des brindilles entrecroisées pour en venir à la question : n'était-ce pas un motif d'ornementation particulier aux bijoux dessinés par Brex ?

Pendant les jours qui suivirent, Alice et ses amies surveillèrent souvent le grand châtaignier dressé au bord de la clairière. Personne, autant qu'elles purent en juger, ne rendit visite à l'arbre soit pour y déposer, soit pour y prendre de l'argent. Ned participa à ces rondes.

« Nous perdons notre temps à faire le guet ici, dit-il au bout du quatrième jour. La personne que vous voulez surprendre s'est aperçue que vous connaissiez la cache du châtaignier, elle a choisi un autre emplacement pour mener à bien ses fructueuses opérations. »

Un jour passa encore. Alice commençait à donner raison à Ned. Un profond découragement s'empara d'elle : le mystère des bijoux volés était loin d'être élucidé ! Elle n'osait pas reprendre contact avec Mme Clark ; que lui aurait-elle dit ? Un matin, d'humeur morose, elle s'attardait devant son petit déjeuner, quand le facteur sonna. Il apporta une lettre dont la lecture fut réconfortante. Elle était de M. Johnson, le bijoutier.

Voici ce qu'il écrivait :

« Le dessin que vous m'avez envoyé n'a jamais été reproduit par Brex sur les bijoux qu'il a exécutés ou dessinés pour nous. Nous avons également regardé, sans succès, dans les catalogues de nos concurrents.

« Cependant, il y a de cela quelques jours, un de nos coursiers, garçon un peu simple d'esprit, a reçu de Chicago une lettre portant un insigne composé de trois brindilles entrecroisées. L'auteur anonyme de cette lettre invitait le destinataire à prendre des actions du *Ranch des Trois Ramilles,* lui promettant des bénéfices fabuleux. Cela nous a paru louche, aussi lui avons-nous conseillé de ne pas donner suite à cette proposition. »

Alice montra la lettre de M. Johnson à son père. Après l'avoir lue attentivement, il émit une suggestion.

« Pourquoi ne préviendrais-tu pas le bureau de poste principal ? Comme tu le sais, la loi interdit d'utiliser les transmissions postales à des fins malhonnêtes.

— Ne voudrais-tu pas t'en charger, mon petit papa ? Ton papier à en-tête ne manquera pas d'impressionner le receveur principal !

— Entendu, mademoiselle la diplomate ! Dès cet après-midi, je dicterai une lettre à ma secrétaire », promit l'avoué.

Alice décida d'écrire au service des Renseignements généraux pour demander s'il existait un *Ranch des Trois Ramilles* coté en Bourse. Elle reçut une réponse quatre jours plus tard. Aucun ranch de ce nom ne figurait sur les listes.

« Cette histoire est de pure invention ! » conclut-elle.

Oui, tout cela était bel et bon, mais elle ne réussissait pas à établir un lien entre Brex, habile dessinateur de bijoux, et cette affaire d'actions fictives.

Bien qu'elle n'eût aucune information à communiquer à Mme Clark, Alice résolut cependant de lui rendre visite. Elle désirait lui poser quelques questions. Au moment même où elle s'apprêtait à sortir, un taxi s'arrêta devant le perron ; la veuve en descendit.

Mme Clark avait un air soucieux, plus tourmenté que la fois précédente. Elle marchait lentement, les yeux fixés à terre, comme si quelque chose la troublait profondément. Son tailleur noir faisait ressortir sa pâleur, et la note d'élégance qui, d'ordinaire, rehaussait son allure manquait aujourd'hui.

« Pauvre femme ! se dit Alice. Comme je voudrais lui donner un peu de joie ! »

Elle accueillit sa visiteuse à la porte d'entrée et l'introduisit au salon.

« Vous ne venez jamais me voir, reprocha gentiment Mme Clark, je me suis donc dérangée.

— Veuillez m'excuser, répondit Alice. Je n'avais, hélas ! aucun élément nouveau à vous communiquer. Néanmoins, je me préparais à aller chez vous.

— En ce cas, je vous pardonne. Si vous veniez, c'est sans doute parce que vous avez tout au moins un indice.

— Plusieurs même. Mais avant de vous en parler, j'aimerais vous poser une question un peu personnelle. Possédez-vous des actions du *Ranch des Trois Ramilles* ? »

Cette question parut surprendre la veuve.

« Que... que savez-vous de ce ranch ? » demanda-t-elle d'une voix que l'émotion faisait trembler.

Dans ses pupilles dilatées, se lisait une peur intense.

Chapitre 8

Stupéfiante crédulité

Inquiète devant la pâleur de sa visiteuse, Alice appela Sarah qui cueillait des fleurs dans le jardin ; elle arriva en courant. Toutes deux conduisirent Mme Clark au salon et l'aidèrent à s'étendre sur un sofa.

« Je suis navrée de vous avoir ainsi bouleversée, dit Alice. Reposez-vous. Sarah va vous préparer une tasse de thé. »

Comment calmer l'agitation de cette pauvre femme ? se demandait la jeune fille.

« Qui... qui vous a parlé de ce ranch ? » dit soudain Mme Clark d'une voix à peine audible.

Alice ne répondit pas tout de suite ; elle réfléchissait. Devant son silence, Mme Clark reprit :

« Les messages de l'au-delà ne me font pas peur. Ils me semblent naturels, mais si les vivants se mettent à deviner mes secrets, c'est... c'est autre chose. »

Elle se tut un long moment. Alice la laissa reposer, les yeux clos. Quand Sarah lui eut offert une tasse de thé, Mme Clark la but lentement. L'air plus détendu, elle s'opposa à ce que l'on appelât un médecin.

« Pardonnez-moi de vous avoir posé une question indiscrète au sujet du *Ranch des Trois Ramilles,* dit Alice.

— Ne regrettez rien, j'aurais dû vous en parler moi-même plus tôt. J'ai reçu un autre message il y a trois jours... »

Mme Clark s'interrompit et attendit que Sarah eût quitté la pièce.

« Un message de mon cher mari, reprit-elle. Il me conseillait d'investir mon argent dans une affaire de toute confiance, le *Ranch des Trois Ramilles.* C'est ce qui explique ma surprise quand vous avez cité ce nom.

— Vous a-t-il parlé directement ? demanda Alice.

— Non, par l'intermédiaire d'un médium, une femme dont j'ai entendu vanter le don de voyance ; j'ai assisté à une réunion chez elle. C'était remarquable.

— Quel est son nom et où demeure-t-elle ?

— Je n'en sais rien.

— Vous n'en savez rien ! répéta Alice, stupéfaite. Comment, en ce cas, avez-vous pu vous rendre chez elle ?

— J'ai appris son existence par un mot très amical que j'ai trouvé dans mon courrier. On m'informait que si je souhaitais assister à une séance de spiritisme, une voiture viendrait me chercher le soir même.

— Et elle est venue ?

— Oui. Une femme voilée de noir était au volant ; elle n'a pas ouvert la bouche pendant tout le trajet.

— Et vous ne vous sentiez pas mal à l'aise, ni inquiète ? fit Alice au comble de la stupéfaction.

— Pourquoi ? Cela s'accordait avec l'atmosphère quelque peu mystérieuse qui entoure ce genre de séances.

— Quel chemin a suivi la voiture ?

— Je serais incapable de le préciser. Nous avons roulé longtemps, du moins m'a-t-il semblé, et je me suis endormie. Lorsque je me suis réveillée, la voiture était rangée devant l'entrée d'une maison qu'aucune lumière n'éclairait.

— Et on vous a fait descendre ?

— Oui, la femme voilée m'a conduite jusqu'à une pièce plongée dans une demi-obscurité. Une faible lumière verdâtre ajoutait à l'impression d'irréalité. Au bout d'un moment, j'ai distingué une silhouette blanche étendue sur un divan. C'était le médium, le merveilleux intermédiaire grâce auquel l'esprit de mon défunt époux m'a parlé. »

À ce souvenir, Mme Clark se reprit à trembler. Alice garda le silence ; si elle voulait en apprendre davantage il ne fallait pas brusquer la pauvre femme. Enfin, comme Mme Clark se taisait, elle lui demanda :

« Votre mari vous a conseillé d'acheter des actions du ranch, m'avez-vous dit.

— Oui, et il a ajouté que je ne devais écouter les conseils d'aucun être vivant et ne pas divulguer ses instructions. Oh ! quelle horreur ! Pauvre de moi !

— Qu'y a-t-il ? fit Alice gentiment.

— Je n'aurais pas dû vous mettre au courant ! Jamais un mot n'aurait dû sortir de mes lèvres ! »

Au comble de l'agitation, la veuve se leva et pria la jeune fille d'appeler un taxi.

« Je vais vous reconduire moi-même », dit aussitôt Alice.

En chemin, elle évita de revenir sur le sujet brûlant. Toutefois, au moment de quitter Mme Clark, elle dit négligemment :

« Je suppose que vous avez pris des actions du *Ranch des Trois Ramilles* ?

— Oui, quelques-unes, pas beaucoup. J'ai remis au médium l'argent que j'avais emporté, et elle m'a promis de me faire parvenir les actions. Je ne disposais pas d'une grosse somme ce soir-là.

— C'est une chance ! s'exclama Alice.

— Comment ? Que voulez-vous dire ?

— Je serais navrée de vous inquiéter, madame Clark, mais je crains que cet argent ne soit perdu.

— Quelle impudence ! Je vous prie de croire que mon mari était un homme d'affaires très avisé, un homme dont on sollicitait les conseils.

— Je n'en doute pas, madame. Toutefois, de nombreux faits me portent à croire que vous avez été victime d'une bande d'escrocs très habiles. »

Alice révéla alors qu'elle avait reçu une lettre émanant du service des Renseignements généraux, lettre certifiant que le *Ranch des Trois Ramilles* n'existait sur aucune liste officielle. Les autorités postales avaient été avisées.

« Promettez-moi de ne plus acquérir d'actions jusqu'à ce que les résultats définitifs de l'enquête me soient parvenus, supplia-t-elle.

— J'ai une grande confiance en vous, répondit Mme Clark, et je suivrai vos instructions.

— Autre chose encore, madame : pourriez-vous me montrer la lettre vous invitant à cette séance ?

— Hélas ! je ne l'ai plus. On m'avait priée de la remettre au médium en témoignage de ma bonne foi.

— Décidément, ces misérables ont pensé à tout. L'écriture nous aurait fourni un indice précieux.

— Que faire ?

— Surtout rien qui puisse donner à croire que vous soupçonnez le piège, répondit Alice. Tôt ou tard, vous recevrez une nouvelle invitation à une séance. Dès qu'elle vous parviendra, téléphonez-moi, s'il vous plaît.

— Je vous le promets. »

Sur ces paroles, Alice prit congé de Mme Clark et remonta en voiture. Elle roula lentement, au hasard, avant tout désireuse de réfléchir à cette histoire aussi triste que rocambolesque. Pouvait-on être crédule à ce point ? Pauvre femme dont la raison avait, sans doute, été profondément ébranlée par la mort de son mari ! Comment arrivait-elle à croire qu'il lui parlait de l'au-delà ? Qui donc s'introduisait chez elle et, tandis qu'elle dormait, prenait une voix d'outre-tombe afin de s'emparer de ses biens sans courir trop de risques ? Alice en restait au stade des hypothèses. Combien de dupes faisaient ces escrocs ? La mystérieuse Sadie... et qui encore ? L'image de Lola s'imposa tout à coup.

« Il faut que j'aille la voir », se dit la jeune fille.

Lola était chez elle, étendue dans un hamac sous le porche. Elle contemplait le plafond d'un air morne. À la vue d'Alice, elle se redressa et affecta la gaieté.

« Comment vous sentez-vous aujourd'hui ? demanda Alice. Votre bain dans la rivière n'a pas eu de fâcheuses conséquences ?

— Pas la moindre, répondit Lola. Je me porte comme un charme. Merci de m'avoir tirée de l'eau.

— C'est une chance que nous nous soyons trouvés là. Racontez-moi un peu ce qui s'est passé.

— Je n'ai aucune envie d'en parler et vous serais reconnaissante de ne plus aborder le sujet. »

Lola avait repris un air morose, et ses paroles manquaient pour le moins d'amabilité.

Alice n'insista pas. Sans quitter la jeune fille du regard, elle lui demanda à brûle-pourpoint :

« Connaissez-vous le*Ranch des Trois Ramilles* ? »

Lola leva les sourcils et secoua la tête.

« Non, dit-elle. Pourquoi ? Je n'ai jamais été dans l'Ouest.

— C'est sans importance. Oubliez ma question », répondit Alice gênée.

Elle exposa ensuite l'objet principal de sa visite.

« Auriez-vous parmi vos relations une jeune fille appelée Sadie ?

— J'en connais deux qui portent ce prénom.

— Celle que j'aimerais rencontrer a de longs cheveux blonds comme les vôtres.

— Ah ! vous voulez parler de Sadie Bond. Elle travaille rue de New York, près de l'arrêt de l'autobus, vous savez dans ce grand magasin qui vient d'ouvrir.

— Merci beaucoup, Lola. »

Alice descendit les marches du perron.

« Ne vous laissez pas abattre, recommanda-t-elle en se retournant. Tout finira par s'arranger. »

Heureuse d'avoir obtenu un renseignement précieux, Alice monta dans son cabriolet, fit à Lola un geste amical de la main et démarra.

« Je vais tout de suite voir Sadie. Par elle, j'apprendrai peut-être autre chose d'intéressant. »

Chapitre 9

Une dupe de plus

Dans le grand magasin, Alice se rendit au bureau du personnel et demanda à quel rayon travaillait Sadie Bond.

« Elle est caissière à la mercerie », lui fut-il répondu.

Peu après, Alice s'approchait d'une grande blonde à l'aspect revêche. Les clients étaient nombreux et elle ne semblait pas d'humeur à bavarder.

« Pardon, mademoiselle, vous êtes bien Sadie Bond ? demanda Alice, ennuyée de ralentir le service.

— Oui », rétorqua sèchement la caissière en fronçant les sourcils.

Alice décida d'aller droit au but.

« Je cherche une jeune fille nommée Sadie Bond qui désire acheter des actions d'un ranch de l'Ouest, dit-elle en baissant la voix.

— Vous vous trompez de personne, répondit Sadie, si haut que plusieurs clients tournèrent la tête. Je n'ai pas d'argent à gaspiller. »

Assez confuse de ce faux pas, Alice balbutia des

excuses et sortit du magasin. Elle résolut de faire insérer trois jours de suite une petite annonce dans La *Gazette* de River City.

Elle la rédigea comme suit :

Sadie, si vous êtes blonde, si vous avez entendu *parler d'un certain châtaignier, un magnifique cadeau vous attend. Répondez : Boîte postale 358.*

Le lendemain de la première parution de ces quelques lignes, Alice se rendit à *La Gazette* en compagnie de Bess et de Marion. Quelle ne fut pas leur surprise lorsqu'on leur remit douze lettres !

« C'est à croire que les Sadie-au-châtaignier pullulent dans cette ville ! » grommela Bess.

Elles emportèrent ce courrier dans le jardin public proche de l'immeuble du journal et se le partagèrent. Plusieurs réponses provenaient de personnes à l'esprit dérangé, trois de femmes qui ne possédaient aucune information sur le fameux arbre mais étaient alléchées par l'offre d'un cadeau.

« Encore une démarche inutile... et de l'argent gaspillé ! » fit Bess en froissant la dernière lettre.

Alice ne répondit pas. Elle était plongée dans la lecture de quelques lignes écrites sur un papier portant l'en-tête de : Société de Produits de Beauté S.M.À. C.

« Écoutez », dit-elle à ses amies.

Voici ce qu'elle lut :

« Je suis blonde. Voulez-vous parler d'un châtaignier près de la Muskoka ? Quel cadeau offrez-vous ?

SADIE BROWN. »

Alice replia la lettre et dit :
« Rentrons vite. Je vais téléphoner pour demander des renseignements sur cette jeune fille. »
Elle appela le siège de la société et découvrit que Sadie Brown en était la standardiste. Dès qu'Alice eut abordé le sujet de la lettre, sa correspondante parut embarrassée et la supplia de ne pas venir la trouver à son travail.
« Rejoignez-moi dans le jardin public. J'y serai dans vingt minutes », promit-elle.
Les trois amies craignaient que ce ne fût une échappatoire. Elles se trompaient : au bout d'un quart d'heure, une blonde aux longs cheveux lisses apparut ; Alice se porta à sa rencontre.
« Il m'est impossible de m'attarder, dit l'employée. Le patron entrerait dans une colère folle s'il apprenait que j'ai quitté mon poste.
— Puis-je vous poser quelques questions ?
— Lesquelles ?
— Avez-vous entendu parler du *Ranch des Trois Ramilles* ?
— Jamais, répondit la jeune fille.
— Est-ce vous qui avez caché une enveloppe contenant de l'argent dans le creux d'un arbre près du fleuve ? » reprit Alice.
Sadie ouvrit la bouche toute grande et recula d'un pas.
« Qui êtes-vous ? murmura-t-elle. Une détective ? Pourquoi voulez-vous le savoir ? »
Avant qu'Alice ait pu répondre, elle s'écria :
« J'ai changé d'avis. Au revoir ! »
Une expression d'effroi apparut sur son visage ; elle fit demi-tour et partit en courant.
« Elle est terrorisée ! s'exclama Alice.

— Suivons-la et obligeons-la à parler, proposa Marion.

— Non. Elle ne dira plus rien, répliqua Alice. Nous ferions mieux de nous adresser à ses parents. »

Non sans difficulté, les trois amies réussirent à se procurer l'adresse de la jeune fille. Elle habitait avec son grand-père, un vieil homme, 10, rue James-North.

Quand Alice, Marion et Bess sonnèrent à la porte du jardinet, le vieux M. Brown lisait un journal, confortablement installé sur le perron dans un fauteuil à bascule. Il leva les yeux.

« Entrez, dit-il. Vous êtes sans doute des amies de ma petite-fille ? Elle n'est pas là.

— Nous sommes de simples relations, répondit Alice en s'asseyant sur la balustrade.

— Si vous aviez l'intention de l'emmener quelque part, je crains que vous ne perdiez votre temps à l'attendre : elle est bizarre ces temps-ci. »

Et le grand-père poussa un soupir désolé.

« En quoi ? fit Alice, intéressée.

— Oh ! Elle, toujours si gentille, est devenue irritable, hargneuse même dès que je lui pose des questions. Elle ne rapporte plus d'argent à la maison comme elle le faisait autrefois. Et puis elle rêvasse pendant des heures, marmonnant des paroles sans suite. »

Le vieillard semblait heureux d'avoir de la compagnie et il bavarda sans se faire prier.

« Sadie est une bonne fille, reprit-il, mais depuis des semaines, je ne la comprends plus. »

Alice fut aussitôt frappée par la similitude qui existait entre le cas de Sadie et celui de Lola. En quittant M. Brown, elle proposa à ses amies de l'accompagner au châtaignier.

« J'ai un plan », confia-t-elle.

Bess et Marion ne surent rien de plus. Quand elles furent arrivées près de l'arbre, Alice examina le creux sans y trouver aucune lettre.

« Je ne parviens pas à comprendre comment l'enveloppe contenant les cinquante dollars a pu être enlevée pratiquement sous mes yeux ! dit-elle après avoir promené le regard autour d'elle. Marion, quelle longueur avait la branche que tu as vue ?

— Environ deux mètres cinquante ; elle était très mince.

— Tu es sûre qu'elle partait de l'érable ? N'était-ce pas plutôt des buissons ?

— Je ne saurais le dire, avoua Marion. Je devine ta pensée : tu te demandes si la personne qui a pris la lettre à l'aide d'un crochet n'était pas dissimulée derrière ces arbustes.

— Impossible ! intervint Bess.

— Pourquoi ? fit Alice. La "branche "entrevue par Marion n'était peut-être qu'une de ces baguettes télescopiques dont se servent les magiciens et les faux médiums.

— Tais-toi, je t'en supplie ! s'écria Bess. L'idée qu'un individu de ce genre pourrait nous épier me fait trembler de peur. Tu crois vraiment qu'il se cachait dans ce fourré, Alice ?

— J'en suis convaincue. Mesurons la distance d'ici aux premiers buissons. »

En faisant de grandes enjambées, elle évalua cette distance à quatre mètres environ.

« Une baguette télescopique a cette longueur, déclara-t-elle. L'homme devait la tenir très haute, si bien que, de l'endroit où tu étais, Marion, tu as eu l'impression que c'était une branche qui s'inclinait. »

Marion se reprocha de n'avoir pas, ce jour-là, mieux observé.

« Il ne manque ni de hardiesse ni d'astuce, conclut Alice. Et il est sans doute très dangereux », ajouta-t-elle gravement.

Bess frissonna.

« Nous ferions mieux de nous en aller », dit-elle.

C'est alors qu'Alice révéla à ses amies la véritable raison de leur présence à la clairière. Elle arracha une feuille à son carnet et, en caractères d'imprimerie, écrivit le message suivant :

Mon amie me dit qu'en laissant une lettre ici, je pourrai entrer en rapport avec une personne qui me fournira de plus amples renseignements.

RUBY SORTZ, Bureau de Poste Central, River City.

Bess la regarda avec admiration.

« Tu espères prendre au piège l'homme qui a emporté les cinquante dollars, fit-elle. Mais recevras-tu une réponse ? Je suis presque certaine que les escrocs n'utilisent plus cet arbre comme boîte postale.

— C'est une chance à courir, répondit Alice. S'il y a une réponse, il faudra que quelqu'un aille la chercher, quelqu'un qui se présentera sous le nom de Ruby Sortz.

— Nous nous en chargerons, Marion et moi », proposa aussitôt Bess.

Alice secoua la tête.

« Non. Vous êtes trop connues. J'enverrai une autre personne ; de cette façon, ceux ou celles qui surveilleraient le bureau de poste n'y verront que du feu. »

Trois jours s'écoulèrent. Estimant que ce laps de

temps suffisait, Alice pria Belinda, une jeune Noire qui travaillait chez une voisine, d'aller à la poste.

« Y avait-il une lettre ? » demanda vivement Alice quand sa commissionnaire revint.

Les lèvres entrouvertes en un large sourire, Belinda répondit :

« Oui, mademoiselle, mais j'ai eu du mal à faire croire que je m'appelais Ruby Sortz.

— Comment cela ?

— L'employé de la poste me regardait d'un drôle d'air. Il a bien vu que je n'étais pas sûre de moi. »

Alice se mit à rire.

« Avez-vous remarqué si quelqu'un surveillait les abords du guichet ?

— Non, mademoiselle. Me suis-je bien acquittée de ma mission ?

— Oui, vous avez été parfaite. Merci, Belinda. »

Prenant la lettre, Alice courut dans sa chambre pour la lire en toute tranquillité. Elle éprouva un malaise en déchiffrant ce qui suit :

Si vous jouez franc jeu, Ruby, venez avec votre amie au châtaignier des Humphrey et je vous donnerai mes instructions. Si vous êtes une incrédule, craignez la colère des Humphrey !

Chapitre 10

Le manoir de Blackwood

Alice lut et relut le message, se demandant qui pouvaient bien être les Humphrey et quel lien il y avait entre eux et le châtaignier. Elle nota qu'aucune heure n'avait été fixée pour le rendez-vous, ce qui accrut sa perplexité.

Après avoir longuement réfléchi, elle décida de garder momentanément le secret sur le contenu du message, puis se rendit à la bibliothèque municipale. Elle passa en revue les livres de plusieurs rayons dans l'espoir de trouver un passage qui jetterait quelque lumière sur les Humphrey cités dans la lettre. Ce nom ne lui était pas inconnu ; peut-être appartenait-il à une très ancienne famille de la région ?

Alice trouva enfin l'ouvrage qu'elle cherchait. L'ayant feuilleté, elle entreprit de lire un des chapitres dans lequel il était question d'un célèbre bosquet de châtaigniers en bordure du fleuve : le bois des Humphrey.

Dans ce bois, sous un certain châtaignier, deux membres de la famille Humphrey s'étaient battus en duel, ce qui avait coûté la vie à l'un d'eux. En souvenir de ce drame, on avait apposé sur l'arbre une plaque de cuivre.

L'auteur précisait ensuite que le manoir de Blackwood, demeure de la famille Humphrey, était encore debout. Bâti en bois de châtaignier provenant du domaine, il avait connu une période de splendeur. Maintenant les buissons et les mauvaises herbes avaient envahi le parc, la maison était déserte, la famille éteinte.

« Quel dommage de laisser les souvenirs du passé dans un tel abandon ! songea la jeune fille. Pourquoi ?... »

Le début du paragraphe suivant interrompit brutalement le cours de ses pensées : le fantôme de Jonathan, victime du duel, hantait encore les lieux.

Alice résolut d'aller à Blackwood sans plus attendre. Ne serait-il pas divertissant de rencontrer un fantôme ? Elle sourit, car elle ne croyait pas à toutes ces fariboles : médium voyantes, spectres.

Mais il lui fallait d'abord situer le châtaignier des Humphrey. De retour chez elle, elle téléphona à Ned ; après lui avoir résumé les faits, elle lui demanda de l'accompagner.

« Avec plaisir, dit-il aussitôt. Je viens te chercher en voiture d'ici cinq minutes. »

Fidèle à sa promesse, il arriva alors qu'elle se préparait. Suivant les directives d'Alice, il se rapprocha autant que possible de l'ancienne châtaigneraie et gara sa voiture le long de la rivière. Puis ils partirent à pied, examinant chaque arbre. Soudain, Alice aperçut une plaque ternie sur laquelle étaient relatées les circonstances de la mort tragique de Jonathan Humphrey. L'arbre dressait ses branches couvertes d'un épais feuillage au cœur même du bois. Le silence alentour était impressionnant. Une minute passa pendant laquelle ni l'un ni l'autre ne parlèrent : enfin la jeune fille s'arracha au sortilège du lieu.

« Quelqu'un va-t-il venir ? dit-elle.

— Aucune heure n'a été fixée, répondit Ned. Pourtant la lettre laissait entendre que tu recevrais un message...

— Peut-être cet arbre sert-il aussi de boîte postale. Vois-tu un creux dans le tronc, Ned ? »

Après avoir contourné l'arbre, le jeune homme remarqua une sorte de poche formée par l'entrecroisement de deux grosses branches. Il y passa la main.

« Tiens ! Je sens quelque chose, dit-il, très agité. On dirait un bout de papier. Le voilà !

— C'est un message adressé à Ruby Sortz ! » s'écria Alice en l'ouvrant.

Ce message était bref ; il porta un coup à la jeune détective.

Vous n'avez pas joué franc jeu, Ruby. Prenez garde. Vous vous préparez de graves ennuis !

Ned fit la moue.

« Peuh ! grogna-t-il. On dirait que tu as mis le pied sur un nid de guêpes, Alice. La colère des Humphrey va fondre sur toi ! »

Alice relut encore une fois le message et pria ensuite Ned de le remettre là où il l'avait trouvé.

« Nous verrons bien qui rira le dernier, conclut-elle. Viens. »

Ils remontèrent en voiture et allèrent jusqu'au châtaignier proche de la Muskoka où elle avait laissé la première lettre signée : Ruby Sortz. De nouveau, elle écrivit un mot bref en capitales d'imprimerie pour demander comment reconnaître l'arbre des Humphrey.

« Notre inconnu n'y comprendra goutte, dit-elle en riant. Il croira que la pauvre Ruby est tout à fait idiote. C'est ce que je désire.

— Espères-tu recevoir une réponse te donnant d'autres indications sur cette affaire d'escroquerie ? Pourquoi ne demanderais-tu pas à la police de surveiller les parages ?

— Cela risquerait d'éveiller la méfiance du chef de la bande. À quoi bon arrêter un simple homme de main remplissant tout au plus les fonctions de garçon de course ? »

Deux jours se passèrent sans qu'aucun fait nouveau se produise. Le troisième jour, la fidèle Belinda rapporta une lettre du bureau de poste central.

« Qu'écrit notre correspondant mystérieux ? demanda Bess qui venait d'arriver chez les Roy. Explique-t-il à Ruby comment se rendre au châtaignier des Humphrey ?

— Hum ! Non ! répondit lentement Alice. Il se borne à dire : "Demander à Lola Imbert. "

— À Lola ! s'exclama Bess, stupéfaite. La malheureuse ! Elle est donc impliquée dans cette affaire !

— Je le soupçonnais depuis le début, confessa Alice. Notre inconnu suppose que Ruby Sortz n'est qu'un attrape-nigaud, mais jusqu'ici je ne crois pas qu'il ait établi un lien entre la supposée Ruby et moi.

— Qu'as-tu l'intention de faire ? Avoir un entretien avec Lola ?

— Non, pas tout de suite. Elle pourrait, sans le vouloir, mettre sur la voie l'auteur de cette lettre.

— Alors ?

— Papa a coutume de dire que quand on piétine — et c'est ce qui m'arrive —, on doit commencer par s'asseoir et mettre de l'ordre dans les données dont on dispose. Il prétend aussi que rien n'est meilleur que de changer de cadre.

— Où irons-nous ? En Alaska ? demanda Bess en riant de bon cœur.

— Que penserais-tu de m'accompagner au manoir de Blackwood ? suggéra Alice. Diverses histoires et légendes courent sur ce vieux manoir qui, tu l'ignorais autant que moi, se cache à quelques kilomètres seulement de River City. Il est hanté, il a un souterrain, sorte de tunnel secret, et le fantôme d'un certain Jonathan, tué en duel, y déambule la nuit. Ne serais-tu pas enchantée d'aller visiter cette merveille avec moi ? »

Bess commença par refuser, assurant que des chevaux sauvages ne réussiraient pas à la traîner jusqu'à cette horrible demeure hantée. Quand Alice lui eut appris que Marion serait de la partie, elle maugréa :

« C'est bon, j'irai avec vous. Mais nous nous précipiterons dans la gueule du loup. Au moins, ne me reproche jamais de ne pas t'avoir mise en garde quand il en était encore temps. »

Une heure plus tard, les jeunes filles partaient. Après un trajet sans histoire, elles pénétrèrent dans les bois humides qui longeaient le fleuve. Au fur et à mesure qu'elles s'éloignaient du rivage paisible, Bess se sentait de plus en plus mal à l'aise. Des nuages couvraient le ciel ; prudemment, les trois amies s'étaient munies de torches électriques. Bess ne cessait de presser le déclic. Un canard sauvage s'éleva de la rivière en caquetant, elle poussa un cri de frayeur.

« Ne sois pas idiote ! gronda Marion. Tu n'as encore rien vu !

— C'est bien ce qui me fait peur », gémit Bess.

Soudain, Alice s'arrêta net. Elle venait de reconnaître, en bas, l'anse du fleuve où Ned et elle-même avaient sauvé Lola. Les jeunes filles approchaient du manoir de Blackwood. Y avait-il une quelconque relation entre ce sinistre endroit et l'état bizarre dans lequel ils avaient trouvé la malheureuse fille de Mme Imbert ?

Se gardant de formuler ses pensées à haute voix, Alice reprit sa marche. D'un pas rapide et assuré, Marion et elle se frayèrent un chemin à travers le bosquet touffu, tandis que Bess, nerveuse, trébuchait derrière elles.

Bientôt elles parvinrent en vue de l'ancienne demeure. Même à la lumière du jour, elle avait un aspect lugubre. Des volets, dont plusieurs à moitié décrochés, pendaient bizarrement, obscurcissaient les fenêtres. Des herbes folles cachaient les allées qui conduisaient autrefois à la maison.

Sans tenir compte des implorations de Bess, impatiente de repartir, ses amies firent le tour du manoir en la traînant à leur suite. Le vent sifflait aux angles de la grande bâtisse et faisait battre les volets qui grinçaient sur leurs gonds rouillés. Comme mue par une main invisible, une grille ouverte claquait contre un montant métallique ; elle donnait accès à ce qui avait été jadis un jardin fleuri.

« Je vous en supplie, allons-nous-en, répéta pour la énième fois la pauvre Bess. Cet endroit est lugubre ! Je n'en peux plus ! »

La laissant à ses lamentations, Alice et Marion gravirent les marches du perron d'honneur et jetèrent un coup d'œil à travers une vitre couverte de poussière. Alice tenta de pousser la fenêtre mais celle-ci résista.

« Je voudrais tant visiter l'intérieur », murmura-t-elle.

À tout hasard, elle s'approcha de la porte en bois massif et tourna la poignée. Oh ! surprise ! le battant s'ouvrit.

« Eh bien, si je m'attendais à cela ! » fit Marion.

Bess s'efforça de les dissuader d'entrer dans le manoir ; elles restèrent sourdes à ses prières.

« Tu ne voudrais pas que je renonce à une chance unique de visiter cette demeure mystérieuse », déclara Alice.

Un grognement fut la seule réponse de Bess qui, de mauvais gré, suivit les deux téméraires.

Lampes électriques allumées, les jeunes filles pénétrèrent dans un grand vestibule. Le sol était recouvert de riches tapis dont, hélas ! la moisissure et les vers s'étaient emparés. Aux fenêtres d'une des pièces qui s'ouvraient sur le vestibule pendaient des draperies de soie et de velours frappé. Quelques meubles de châtaignier massif abandonnés là paraissaient perdus, oubliés.

« Cette visite promet d'être très instructive, observa Alice en riant. Il n'y avait pas de quoi être effrayée, Bess. Toi, la romantique, reconstitue donc en pensée le décor tel qu'il était ! »

À ce moment, la porte du manoir claqua derrière elles. Bess poussa un hurlement.

« Bécassine ! grommela Marion. Ce n'est que le vent. Si tu continues comme cela, tu vas finir par nous rendre nerveuses.

— Pardonnez-moi, fit Bess, contrite, je ne réussis pas à me dominer. »

Alice était déjà passée dans une autre pièce, vide celle-là. Leurs pas résonnaient d'une façon lugubre et le cœur de Bess battait à se rompre.

Elles traversèrent un boudoir et se retrouvèrent dans un large corridor qui tombait à angle droit dans le vestibule d'entrée. Il donnait accès à une grande salle où régnait une telle obscurité que leurs lampes électriques ne parvinrent à en éclairer qu'une partie.

« Écoutez ! » murmura Alice.

Figées sur le seuil, elles entendirent distinctement les faibles notes d'un orgue. Bess serra le bras de sa cousine de toutes ses forces.

« Qu'est-ce... qu'est-ce que c'est ? bégaya-t-elle. Le fantôme ?

— Impossible... », commença Marion, mais les mots expirèrent sur ses lèvres.

À l'autre bout de la pièce, une lueur bizarre, verdâtre, s'alluma, révélant la présence d'un orgue de chambre.

Devant le clavier une silhouette lumineuse était assise !

Chapitre 11

Le musicien fantôme

Le cri poussé par Bess s'amplifia en résonnant dans le vieux manoir. La lumière s'éteignit, l'orgue se tut, une obscurité impressionnante régna dans la pièce.

Alice braqua sa lampe électrique sur l'endroit où elle avait vu apparaître l'organiste fantôme.

« Il s'est enfui ! » s'exclama-t-elle.

La silhouette blanche avait disparu. Seul restait, appuyé au mur, le vieil orgue recouvert d'une épaisse couche de poussière.

« On dirait qu'il n'a pas été touché depuis des années », se dit Alice.

Les gémissements de Bess lui parvinrent à travers la salle.

« Alice, Alice ! Sois raisonnable ! Quittons cette affreuse demeure. Elle est hantée. Un fantôme l'habite. »

Sans répondre, Alice promena le faisceau de sa lampe autour d'elle.

« Je ne reste pas ici une minute de plus ! » cria Bess prise de panique.

Insensible aux arguments de ses amies, elle partit en courant. Le claquement de la porte d'entrée leur apprit qu'elle avait franchi sans mal le seuil du manoir.

Évitant de hausser la voix, Marion déclara :

« À dire vrai, je me sens un peu nerveuse, moi aussi.

— Et moi donc, avoua Alice. Il est certain que cet endroit est hanté, pas par un fantôme, mais par une personne bien vivante et peut-être dangereuse.

— Dans quel dessein, selon toi ?

— J'ai une idée ; je te la communiquerai plus tard, murmura Alice. Mieux vaut ne pas en parler ici, les murs ont des oreilles.

— Comment ce fantôme, ou celui qui en tenait le rôle, a-t-il pu quitter la pièce aussi vite ? Et sans passer devant nous ?

— Nous devons le découvrir, répondit Alice en dirigeant sa torche successivement sur chacun des murs. Il doit y avoir une issue secrète que... »

Elle s'arrêta net en entendant un cri aigu. Ce cri venait du parc.

« C'est Bess ! » s'écria Alice.

Aussitôt, les deux jeunes filles se précipitèrent dehors. La pluie tombait à verse, réduisant la visibilité.

Elles ne réussirent pas à voir Bess. Enfin, Alice l'aperçut, blottie entre les arbres à quelques mètres de là. Elle tremblait de tous ses membres.

« Un homme, bégaya Bess dont les dents s'entrechoquaient. Je l'ai vu. Il est venu droit sur moi, puis il a obliqué.

— Vers où ? demanda Alice.

— Il a disparu dans les buissons.

— L'as-tu bien vu ? » reprit Alice.

Bess avait eu trop peur pour observer l'inconnu. Néanmoins elle avait la ferme conviction qu'il avait été surpris de la voir, car il s'était enfui au lieu de l'attaquer.

« Avons-nous une petite chance de le rattraper ? demanda Alice.

— Aucune ! »

Bess n'avait pas la moindre envie de participer à une poursuite dans ces bois sombres.

« Il est loin maintenant, reprit-elle avec force. Il connaît le chemin alors que nous l'ignorons. Rentrons. Nous sommes trempées et nous allons nous enrhumer.

— Je retourne au manoir, annonça Alice.

— Et je t'accompagne, déclara Marion. Nous allons chercher cette fameuse issue par laquelle l'organiste a disparu. »

Prise de peur à la pensée de rester seule, Bess leur emboîta le pas à regret. Une nouvelle surprise les attendait : la porte était fermée.

« Je suis sûre de l'avoir laissée ouverte, dit Alice. Bah ! le vent l'aura encore claquée. »

Marion voulut l'ouvrir. Elle eut beau tourner la poignée en tous sens, la porte ne bougea pas.

« Verrouillée de l'intérieur ! s'exclama-t-elle.

— Voilà qui ne me déplaît pas ! fit Bess avec un soupir de soulagement. Adieu, manoir hanté ! »

Elle se réjouissait trop vite. Alice n'entendait pas renoncer à son enquête. Si quelqu'un avait verrouillé la porte de l'intérieur, ce n'était pas sans raison.

Hélas ! portes de service et fenêtres de rez-de-chaussée refusèrent de livrer passage à la jeune détective. Finalement, force lui fut de céder aux implorations de Bess. Elle s'en consola en songeant que Ned dînait ce soir-là chez elle ; il ne se ferait pas prier pour l'accompagner ensuite au manoir. N'est-ce pas toujours la nuit que les fantômes déploient la plus grande activité ?

Après avoir déposé ses amies devant leurs maisons respectives, elle rentra, toujours absorbée dans ses réflexions. Au bruit familier de la voiture, Sarah apparut sur le seuil.

« Alice, cria-t-elle du haut du perron, Mme Clark a essayé tout l'après-midi de te joindre au téléphone. Elle m'a donné son numéro et a insisté pour que je te prévienne dès ton arrivée : elle a quelque chose de très important à te communiquer.

— Quel dommage que je n'aie pas été là ! dit Alice. Elle a sans doute reçu une nouvelle invitation mystérieuse ; j'avais insisté pour qu'elle m'en avertisse aussitôt. »

La jeune fille courut au téléphone et composa le numéro de Mme Clark. Pas de réponse. Inquiète, Alice résolut de repartir sur-le-champ. Peu après, elle sonnait chez sa cliente. Personne ne vint lui ouvrir.

Une voisine, auprès de laquelle Alice s'informa, déclara avoir aperçu Mme Clark une demi-heure plus tôt : elle se dirigeait à pas pressés vers la ville.

« Pourvu qu'elle n'ait pas été emmenée par l'escroc ! Elle est capable de lui confier encore de l'argent ! » se dit la jeune fille.

Que faire ? Rien pour le moment, conclut-elle, sinon retourner au manoir et poursuivre l'enquête de ce côté. Mis au courant, Ned approuva vivement le projet que lui soumit Alice : une expédition nocturne dans la demeure hantée.

« J'espère que le fantôme consentira à rejouer son numéro en mon honneur, dit-il en riant. Je te propose de gagner Blackwood par la rivière ; cela nous mettra dans l'ambiance.

— Excellente idée ! Une promenade en bateau au clair de lune — si lune il y a — n'est pas pour me déplaire ! »

Après le dîner, Ned loua une vedette à moteur et y fit monter la jeune fille. Très vite, ils gagnèrent un appontement abandonné à quelque distance du manoir et y abordèrent. La lune brillait quand ils s'engagèrent dans le sous-bois.

« Écoute ! » chuchota soudain Alice.

Une mélopée s'élevait dans le lointain. On aurait dit que plusieurs personnes chantaient en chœur.

« C'est trop lugubre à mon goût, dit Ned. Poursuivons notre chemin.

— Il se peut que ce soit une séance de spiritisme ! fit Alice, très excitée. Si nous nous hâtons, nous arriverons à temps. »

Elle partit au pas de course, sans prêter attention aux irrégularités du terrain. Tout à coup, elle enfonça jusqu'aux chevilles dans une sorte de marécage. Elle voulut reculer, mais ne put arracher ses pieds à la vase gluante. Ned l'agrippa par un bras.

« N'avance pas, Ned ! » cria-t-elle.

L'avertissement venait trop tard. Déjà son compagnon se trouvait à son côté. En vain il tenta, lui aussi, de s'arracher au marais.

« Ce sont des sables mouvants ! » dit-il d'une voix rauque.

Affolés, les deux jeunes gens s'enfonçaient lentement.

excellente idée ! Une promenade en bateau au clair de lune ! » [illegible] n'est-ce pas pour [illegible] répondit-[illegible]

Après le dîner, Ned [illegible] une vedette à moteur. [illegible] la jeune fille. [illegible] approchèrent [illegible] à quelque distance [illegible] [illegible] quand ils s'engagèrent dans les [illegible] bois.

« [illegible] les chercher pendant [illegible]

[illegible] dans le terrain. On avait [illegible] comment en [illegible]

[illegible]

— [illegible] nous [illegible] temps. »

Elle partit [illegible] sans prêter attention aux irrégularités du terrain. [illegible] une sorte de [illegible] ses pieds [illegible] Ned [illegible]

« N'avance pas, Ned ! » cria-t-elle.

[illegible] trop tard. [illegible] son compagnon [illegible] En vain il tenta [illegible] de s'attacher au hasard.

« [illegible] sable mouvant ! [illegible] d'une voix [illegible]

Affolés, les deux jeunes gens s'enfonçaient lentement.

Chapitre 12

Pris au piège

Ned comprit aussitôt dans quelle situation ils se trouvaient tous les deux. Il pressa Alice de prendre appui sur ses épaules afin de se hisser hors de la vase et de sauter sur la terre ferme.

« Non, ne me demande pas cela, répondit-elle. Peut-être réussirais-je à me sauver mais en t'enfonçant davantage, et quand je reviendrais avec du secours, tu aurais disparu.

— Je t'en prie, ne discute pas ! À quoi bon mourir ensemble ! Qu'un de nous au moins soit sauvé. Dépêche-toi. Nous en avons déjà jusqu'aux genoux. »

Alice refusa d'écouter ses supplications ; elle se mit à crier au secours, dans l'espoir que l'un ou l'autre des choristes entendrait ses appels. Ned l'imita. Au bout d'un moment, ils n'eurent plus de voix.

Implacablement la vase les engloutissait. Bientôt le buste seul d'Alice émergea.

« Personne ne viendra à notre aide », dit-elle désespérée.

Le jeune homme l'entendit à peine : ses pieds venaient de heurter quelque chose de solide, de dur.

« Alice ! s'écria-t-il. Je touche le fond. Imite chacun de mes gestes et nous serons sauvés !

— Comment ?

— Tu vas voir », dit vivement Ned.

Avant même qu'elle se fût rendu compte de ce qui lui arrivait, il l'avait saisie sous les bras et l'avait tirée de toutes ses forces. Avec un horrible bruit de succion, lentement, la vase lâcha prise. Quelques minutes plus tard, Alice se retrouvait saine et sauve sur la terre ferme. Des pieds à la tête, elle était couverte de boue.

« Ned ? Tiens bon ! » cria-t-elle.

— Oui », répondit-il.

Elle se releva péniblement. Vite ! Il fallait sortir Ned de cette horrible situation. Comment faire ? Dominant avec difficulté la panique qui l'envahissait, elle chercha autour d'elle un bâton, une perche... rien !

« Ned, dit-elle, ne perds pas courage, je suis de retour dans une seconde. »

Alice venait de penser à la longue corde dont ils s'étaient servis pour amarrer la vedette.

Courant comme elle ne l'avait jamais fait de sa vie, elle gagna la rive. Elle alluma les projecteurs de l'embarcation, détacha la corde et, sans perdre une seconde, repartit vers le marais où Ned l'attendait calmement. Avec l'extrémité de la corde, elle fit une boucle et la lança au jeune étudiant qui, toujours impassible, l'assujettit sous ses bras. Il lui conseilla de faire passer l'autre extrémité autour d'un arbre puis de la tirer petit à petit, sans à-coup.

Ce fut un rude combat contre la vase. Alice le gagna. Peu à peu, Ned se dégagea et, enfin, il se retrouva en sécurité auprès d'elle.

Pendant quelques minutes, ils furent tous deux

dans l'incapacité de parler, tellement ils étaient épuisés par la lutte qu'ils venaient de soutenir et bouleversés par le danger affreux auquel ils avaient échappé de justesse.

Quand ils se regardèrent, ils ne purent retenir une exclamation de stupeur : le spectacle qu'ils offraient à la clarté de la lune aurait effrayé les plus courageux. Enduits de vase, les cheveux collés par mèches, les vêtements souillés et en désordre, ils n'étaient pas beaux à voir.

« Il ne nous reste plus qu'à renoncer et à rentrer chez nous ! » fit piteusement Alice.

Cette phrase et la mine navrée de la jeune fille déclenchèrent chez Ned un fou rire qui la gagna. Ils ne se doutaient guère que leurs appels au secours avaient été captés par un homme grand, mince, au visage sinistre qui, en ce moment même, les surveillait à une petite distance de l'endroit où ils se reposaient. En les entendant s'appeler par leurs noms, il avait eu un sourire sardonique.

« Alice ! Alice Roy ! avait-il murmuré. Dommage que vous ayez pris toute cette peine pour vous tirer de ce mauvais pas. Cela vous apprendra, j'espère, à ne pas vous mêler des affaires d'autrui. »

Reprenant leur sérieux, les deux jeunes gens gagnèrent la vedette et rentrèrent chez eux. Le mystère pouvait attendre !

Un peu plus tard, après avoir pris un bon bain et revêtu une robe chaude, Alice pensa de nouveau à Mme Clark. Était-elle de retour chez elle ? Avait-elle assisté à une autre séance ? Tandis qu'elle se posait de telles questions, la jeune fille se rappela la mélopée qu'elle avait entendue avant de se trouver prise dans les sables mouvants. Venait-elle du manoir ?

Le lendemain matin, elle se rendit de bonne heure

chez Mme Clark. Très pâle, l'air fatigué, la pauvre femme lui ouvrit en robe de chambre.

« Je me suis couchée très tard la nuit dernière », expliqua-t-elle à Alice.

Sur un ton de reproche, elle ajouta :

« Pourquoi ne m'avez-vous pas appelée hier soir ? Si vous l'aviez fait, vous auriez appris des choses intéressantes. »

Alice la pria de l'excuser : elle était rentrée tard et quand elle avait téléphoné, personne ne lui avait répondu.

« Vous n'êtes jamais là quand on a besoin de vous, grogna Mme Clark dont la mauvaise humeur était visible. Nul ne se soucie de moi ni de ce qui m'arrive... ou, du moins, aucun être vivant. »

Alice faillit perdre patience. Elle réussit à se dominer et questionna Mme Clark sur l'emploi de sa soirée. La veuve se montra très réticente ; ses réponses restaient vagues. Enfin, la jeune fille eut une intuition.

« À propos, dit-elle négligemment, que chantiez-vous hier soir, juste avant la séance ? »

Mme Clark se pencha en avant et fixa sur Alice un regard étonné. Pendant une seconde, elle parut sur le point de s'évanouir. Enfin, s'étant ressaisie, elle murmura :

« Alice, comment savez-vous où je me trouvais la nuit dernière ?

— Vous avez donc assisté à une autre séance de spiritisme ?

— Oui. Après avoir essayé en vain de vous avertir que j'étais invitée de nouveau, j'ai dû partir. Elle m'y a emmenée.

— Elle ?

— La femme voilée, expliqua Mme Clark. Hier

après-midi, on m'a ordonné par téléphone de me rendre à Masonville et de dîner au Claridge. Une automobile m'attendrait au sortir du restaurant. Nous sommes allées quelque part dans la campagne. Chose singulière, je me suis endormie cette fois encore et ne me suis réveillée qu'à l'arrivée. »

« Étrange, en vérité ! L'avait-on droguée ? » se demanda Alice.

À voix haute, elle dit :

« Ensuite, qu'est-il arrivé ?

— Quand j'ai ouvert les yeux, on m'a enveloppé la tête avec un long voile opaque. On m'a conduite auprès de plusieurs autres personnes, voilées comme moi, m'a-t-on dit.

— Vous les a-t-on présentées par leurs noms ? coupa Alice.

— Ma compagne m'avait prévenue que notre identité devait rester secrète. Elle m'a expliqué que ces personnes étaient venues, elles aussi, pour communiquer avec l'esprit de leurs défunts. De crainte d'importuner ces esprits, on nous a recommandé de ne pas nous parler les unes aux autres et de ne pas poser de questions.

— Alors, vous avez chanté ? dit vivement Alice comme la veuve se taisait.

— Oui, une sorte de prière. Puis, on nous a fait entrer dans une salle et les esprits se sont fait entendre par l'intermédiaire d'un médium.

— Comment pouvez-vous être sûre qu'il ne s'agissait pas d'une mystification ?

— Parce que mon mari m'a appelée Addie. Je m'appelle Adeline et lui seul employait ce diminutif.

— Rien de plus facile à des escrocs que de l'apprendre par un de vos voisins ou parents », fit observer Alice.

Mme Clark n'écoutait sans doute pas ; elle se mit à arpenter la pièce d'un pas nerveux.

« Les esprits nous ont conseillé de les aider financièrement car ils doivent mener à bien leur mission terrestre.

— Quel genre de mission ? »

La veuve jeta un regard inquisiteur à la jeune fille et, rassurée sembla-t-il, poursuivit :

« Nous devons remettre de l'argent à ceux qui nous permettent de nous entretenir avec les défunts. Des instructions plus détaillées nous seront transmises par la suite. En attendant, je leur ai remis cinquante dollars.

— Jolie manière d'amasser une fortune ! remarqua Alice ironiquement. Il ne faut plus que vous leur donniez un sou. »

Mme Clark prit une expression butée.

« Jusqu'ici tout m'a paru très honnête », dit-elle.

« Est-il possible que cette pauvre femme ajoute foi à ce tissu de mensonges ? se demandait Alice. Ces misérables charlatans abusent donc de la crédulité de quelques pauvres malheureuses choisies avec un soin judicieux. »

Avec beaucoup de douceur, elle dit :

« N'oubliez pas que vos bijoux ont été volés.

— Oseriez-vous les soupçonner, Alice ?

— Avez-vous des preuves certaines de leur honnêteté ?

— Oui ! répondit Mme Clark d'un air triomphant. La nuit dernière, on nous a priées d'écrire les noms d'amis susceptibles d'être intéressés par ces séances. Et les esprits ont offert comme preuve de leur bonne foi de nommer auparavant une personne familière à chacune de nous. Sur mon ardoise, le nom de Rita Love est apparu.

— Et ? fit Alice.

— Rita est ma cousine par alliance. Je suis sûre que nul autre que mon mari n'aurait pensé à elle.

— J'espère que vous n'avez écrit aucun nom.

— Oh ! si, avoua Mme Clark, plusieurs même. »

Inquiète, Alice se demanda si ce n'était pas le sien ou ceux de Marion et de Bess !

« Madame, reprit-elle, avez-vous entendu des appels au secours pendant la séance ?

— Non, pourquoi ? fit Mme Clark. Tout était si paisible, si merveilleux ! Quand la réunion a été levée, on m'a emmenée dehors et on m'a fait monter en voiture.

— Toujours voilée ?

— Oui. Ensuite, je ne me souviens de rien. Il me semblait vivre un rêve. Lorsque je me suis réveillée, il faisait jour et j'étais étendue sur le divan de la pièce où nous sommes. »

Voilà qui rappelait le comportement bizarre de Lola et celui de Sadie ! Alice posa encore quelques questions à la veuve : avait-elle bu ou mangé quelque chose avant de repartir en voiture ? Avait-elle décelé des odeurs inhabituelles ? Mme Clark répondit par la négative. Elle pria Alice de lui permettre d'assister encore à des séances de spiritisme. À sa vive joie, la jeune fille y consentit, tout en la priant de l'avertir au préalable.

« Cela me permettra peut-être de réunir des preuves contre ces escrocs », se dit Alice.

Dans la soirée, elle mit son père au courant et lui annonça son intention de retourner au manoir.

« J'hésite à t'y autoriser, dit-il. Cette affaire prend une tournure qui ne me plaît guère. Par ailleurs, il est interdit de pénétrer dans une habitation privée sans un mandat délivré par les autorités judiciaires. Qui nous dit que ces faux voyants invocateurs d'esprits n'ont pas loué la maison Humphrey ?

— Oh ! je t'en supplie, mon petit papa, laisse-moi y aller. Ned et toi, vous pourriez m'accompagner. »

Sur le point de refuser, M. Roy se laissa fléchir par le regard implorant de sa fille. N'avait-elle pas raison ?

« D'accord, dit-il, préviens Ned que nous partirons demain aussitôt après le déjeuner. Je me charge d'obtenir un mandat de perquisition. Stevenson arrangera cela. »

Le commissaire Stevenson était un vieil ami des Roy. Alice courut au téléphone.

« Avec ton aide et celle de Ned, le fantôme sera pris au piège ! » s'écria-t-elle, toute joyeuse.

Chapitre 13

La porte secrète

Peu après le déjeuner, Alice arrivait au manoir de Blackwood en compagnie de son père et de Ned. Sans perdre une seconde, elle entreprit de chercher des traces de pneus autour de la maison. Hélas ! elle n'en repéra aucune.

« Mme Clark m'a pourtant affirmé avoir été déposée à la porte de la maison où s'est déroulée la séance de spiritisme, dit-elle. Comment se fait-il que je ne relève aucune marque de pneus ?

— Tiens ! Voici quelque chose qui t'intéressera ! » cria son père du bouquet d'arbres vers lequel il s'était dirigé.

Alice et Ned y coururent et virent plusieurs empreintes de pas et plusieurs lignes droites enfoncées dans le sol. Elles semblaient avoir été tracées par la roue d'une brouette dont le conducteur aurait accompli de nombreux voyages.

« Y a-t-il des objets précieux dans le manoir ? dit M. Roy.

— Quelques meubles, répondit Alice, trop lourds toutefois pour être transportés dans une brouette. »

Le visage grave, l'avoué reprit :

« En ce cas, il me paraît plus vraisemblable que les escrocs — quels qu'ils soient — aient emporté les preuves capables de les confondre au cas où la police effectuerait une perquisition. Par exemple, les instruments nécessaires au médium.

— Essayons de pénétrer à l'intérieur », proposa Ned.

Il voulut ouvrir la porte, elle résista. Pensant que le pêne était rouillé, M. Roy et Ned poussèrent de toutes leurs forces le battant qui céda d'un seul coup. La serrure venait de casser.

« Peuh ! fit Ned en franchissant le seuil. Pas très accueillant, ton manoir, Alice ! Cette lumière sinistre est propice aux fantômes, ou du moins à ceux qui veulent y faire croire. »

Alice inspecta les pièces donnant sur le vestibule. À première vue, le mobilier ne paraissait pas avoir été touché.

« Séparons-nous et cherchons un indice, proposa Alice.

— Comme tu voudras, consentit M. Roy, non sans quelque hésitation. Cependant, promets-moi de m'appeler à la moindre alerte. »

Alice entra dans le grand salon où régnait une obscurité presque totale. Sans songer qu'elle était maintenant seule, elle alla droit au vieil orgue, posa sa torche allumée dessus et s'assit sur le tabouret grinçant. La mine songeuse, elle laissa ses doigts errer sur les touches. Aucun son ne s'éleva.

« Tiens ! C'est curieux ! » murmura-t-elle.

Elle appuya plus fort. Sans succès. Pourtant, elle était sûre d'avoir entendu de la musique la première fois qu'elle était venue.

Intriguée, elle examina l'instrument à l'aide de sa

lampe électrique et constata qu'il existait entre le mur et la caisse de résonance un espace suffisant pour qu'une personne pût s'y glisser. Elle n'était pas au bout de ses surprises : en effet, sur l'autre face de l'orgue, elle aperçut un second clavier aux touches d'ivoire.

« Par exemple ! fit-elle à mi-voix. Celles du devant sont factices ! »

Sans perdre un instant, elle se faufila dans l'intervalle et découvrit une porte basse dans le mur.

« Voilà qui explique la soudaine disparition du fantôme ! » se dit-elle.

Alice tourna sans difficulté la poignée de la porte et braqua sa torche sur un escalier qui s'enfonçait vers le sous-sol. Prudemment, elle descendit. Après avoir parcouru quelques mètres le long d'un corridor humide, elle se rendit compte de son imprudence. Pourquoi n'avait-elle pas alerté son père et Ned ?

« Ils vont s'inquiéter, pensa-t-elle. Il ne faut surtout pas que je m'attarde. »

Dans cette louable intention, elle pressa l'allure. Au bout d'une dizaine de mètres, elle arriva devant une lourde porte de châtaignier qui bloquait le passage. Un solide verrou la fermait. Elle le tira, ouvrit la porte, vit une vaste salle et eut peine à retenir un cri. Une étrange lumière verdâtre posée à même le sol éclairait une silhouette spectrale ! La torche qu'elle tenait à la main lui fut arrachée et se brisa à terre. La lumière verte s'éteignit.

Prise de panique, Alice fit demi-tour, franchit le seuil, claqua la lourde porte et, le cœur battant, courut à perdre haleine le long du corridor. Elle monta les marches en titubant et se retrouva derrière l'orgue.

« Ouf ! souffla-t-elle, épuisée. Je l'ai échappé belle ! »

Sans s'accorder aucun répit, elle partit à la recherche de son père et de Ned. Ils n'étaient nulle part dans le manoir. Elle n'osait les appeler. Très inquiète, mais espérant qu'ils étudiaient les abords de la maison, elle sortit.

Tout en parcourant le terrain, elle se posait une question : où aboutissait le couloir souterrain ? Contrairement à ce qui se faisait dans la plupart des anciennes demeures, les caves ne débouchaient pas à proximité de l'habitation principale. À en juger d'après la longueur du corridor qu'elle avait suivi, l'issue devait se trouver assez loin, peut-être dans le bois.

Ni M. Roy ni Ned ne donnaient signe de vie. L'angoisse gagnait Alice. Seraient-ils emprisonnés dans la salle souterraine ?

Que faire ? Sa première impulsion fut d'aller au commissariat de police. Oui, mais c'était son père qui détenait les clefs de la voiture. Après avoir pesé le pour et le contre, elle résolut de retourner dans la pièce au fantôme.

Négligeant toute prudence, elle entra de nouveau dans le manoir ; quelques secondes après, elle ouvrait la porte basse, derrière l'orgue. Elle ferma les yeux un moment pour s'habituer à l'obscurité, puis elle descendit les marches à tâtons et longea le couloir où régnait une pénible odeur de moisi.

Aucune lumière ne filtrait sous la porte de châtaignier. Les ténèbres étaient complètes.

S'efforçant de ne pas faire grincer le verrou, Alice entrebâilla la porte. La salle était plongée dans le noir. Comme il ne se produisait rien, Alice osa appeler :

« Papa ! Ned ! »

Pas de réponse. Peut-être gisaient-ils, liés et bâillonnés, ou inconscients, à quelques pas d'elle. Sans lumière, comment s'en assurer ?

Elle s'apprêtait à faire demi-tour pour aller chercher une lampe électrique dans la voiture lorsqu'elle entendit un gémissement suivi d'un craquement. Était-ce la vieille maison qui soupirait ?

Pleine d'espoir à la pensée que ce pouvait être Ned ou son père, Alice regagna le rez-de-chaussée aussi vite qu'elle le put. Personne. Elle monta quatre à quatre l'escalier qui conduisait au premier étage. Sur la dernière marche, elle s'immobilisa : à l'extrémité du vestibule, une figure spectrale sortait du mur.

Chapitre 14

Où Ned disparaît

La gorge serrée d'Alice était hors d'état d'émettre un son. Le fantôme glissa sans bruit vers un petit escalier qui, de toute évidence, permettait d'accéder à l'étage supérieur.

Sans réfléchir, la jeune fille suivit l'apparition sur la pointe des pieds. Malgré l'épaisseur du tapis, une planche gémit sous son poids.

Comme elle posait le pied sur la première marche, elle entendit un nouveau grincement. Parvenue au palier supérieur, elle eut juste le temps de voir la silhouette drapée de blanc disparaître dans le mur.

Ce mur était lambrissé de châtaignier. Malgré de minutieuses recherches, elle n'y découvrit ni porte secrète ni panneau à glissière.

Décidément, le manoir abritait d'étranges personnages ! D'abord celui qui jouait de l'orgue et celui qui lui avait arraché sa lampe électrique. Ensuite, l'homme qui avait effrayé Bess au point de lui faire perdre la tête. Et maintenant, cette forme mystérieuse !

Ces multiples manifestations ne pouvaient être le

fait d'un seul et même « fantôme ». Il y en avait au moins deux, peut-être davantage.

« Celui qui a gravi l'escalier devant moi était bel et bien un être humain en chair et en os. Que mijotait-il ? »

À cause du fantôme l'attention d'Alice avait été un moment détournée de son objectif immédiat. Reprise par l'angoisse, elle partit de nouveau à la recherche de son père et de Ned.

« Il est possible qu'ils m'attendent près de la voiture, se dit-elle. Comment n'y ai-je pas pensé plus tôt ? »

Hélas ! Quand elle parvint à l'endroit où ils l'avaient garée, elle s'arrêta éberluée. L'*automobile avait disparu !*

Le désespoir s'empara d'elle. Où aller ? Auprès de qui trouver du secours ? Elle revint à pas lents vers le manoir. Soudain, elle vit son père sortir du bois.

« Papa ! cria-t-elle, folle de joie.

— Alice ! Le Seigneur soit loué ! s'exclama M. Roy. Tu es saine et sauve ! Où est Ned ?

— C'est ce que j'allais te demander. Lui as-tu remis tes clefs ?

— Non, dit M. Roy. On a volé la voiture.

— J'ai peur qu'il ne soit arrivé malheur à Ned, reprit Alice. Où peut-il être ?

— Ne te tourmente pas, il sera ici d'un instant à l'autre. »

L'air sombre de l'avoué contrastait avec ses paroles rassurantes.

« Où l'as-tu vu pour la dernière fois, papa ?

— Nous étions ensemble dans le manoir. Ned allait devant moi. Nous te cherchions. Tout à coup j'ai entendu du bruit venant de l'extérieur, je suis aussitôt sorti.

— As-tu aperçu quelqu'un ?

— La silhouette d'un homme qui s'enfuyait à travers bois.

— Était-il seul ?

— Oui.

— À quoi ressemblait-il ? Était-il vêtu comme un fantôme ? demanda Alice.

— Non. J'ai couru après lui, mais il m'a semé dans le bois.

— Et tu n'as pas revu Ned ?

— Non. Ah ! j'oubliais. Voilà ce que j'ai ramassé près des empreintes de roue. »

L'avoué tendit à sa fille un morceau de tube en métal ayant sans doute fait partie d'une baguette télescopique du type de celles dont se servent les magiciens et faux voyants.

« Ce morceau est exactement semblable à celui que j'ai trouvé dans la clairière l'autre jour ! » s'exclama Alice. Reprise par son angoisse, elle s'écria : « Ne perdons pas une seconde ; allons à la recherche de Ned.

— Où peut-il être ? »

Comme en réponse à cette question, un faible cri leur parvint des bois.

« Alice ! Alice ! »

Chapitre 15

La chambre souterraine

Alice et son père se mirent à courir dans la direction de la voix. Ils s'enfoncèrent dans la châtaigneraie. Enfin ils entendirent de nouveau la voix de Ned, juste derrière eux.

« Ici, je suis ici. »

Se retournant, ils virent Ned assis sur le sol dur, adossé à un arbre. Une grosse corde le liait étroitement au tronc.

« Qui t'a attaché ainsi ? s'écria Alice.

— Je l'ignore », marmonna Ned.

M. Roy entreprit de défaire les nœuds qui retenaient le pauvre étudiant. Les yeux de Ned se refermèrent. Pour aller plus vite, M. Roy coupa les liens. Ned tenta de se soulever mais retomba aussitôt.

« Tu es malade, blessé ? dit Alice.

— Non, j'ai été chloroformé. Cela va déjà mieux. Quelle chance que vous m'ayez découvert !

— Je vais faire un tour, déclara M. Roy, il est possible que les agresseurs soient encore dans les parages. Rejoignez-moi sur la route. »

Il s'éloigna, l'air résolu, les yeux lançant des éclairs.

Alice massa les poignets et les chevilles de Ned. Quand il fut en état de se lever, ils partirent à pas lents.

« J'ai été stupide ! dit Ned. Quand j'étais dans la cuisine, j'ai entendu marcher au-dessus de ma tête. Un escalier de service donnait accès au premier étage ; je l'ai emprunté et j'étais presque au sommet, quand une main lumineuse, spectrale, a flotté dans l'air devant moi.

— Elle devait être fixée à l'extrémité d'une baguette télescopique, murmura Alice.

— Je ne sais qu'une chose, c'est que mes cheveux se sont dressés sur ma tête. La main a disparu aussi soudainement qu'elle était apparue.

— C'était pour t'effrayer et te faire renoncer à l'enquête.

— En ce cas, l'objectif n'a pas été atteint ; j'ai continué et j'ai ouvert la porte palière. À ce moment, on m'a plaqué un linge humide imbibé de chloroforme sur le visage. Je me suis en vain débattu et j'ai perdu connaissance.

— Si tu n'avais pas appelé, nous aurions pu ne jamais te revoir, dit Alice en réprimant un frisson.

— Ce qui ne m'empêche pas d'être furieux contre moi. Je ne t'ai été d'aucun secours... Ah ! si ! »

II sortit de sa poche un émetteur radio miniature.

« Tu l'as trouvé dans le manoir ? demanda Alice, très intéressée.

— Sur la dernière marche de l'escalier de service. C'est une chance que mon agresseur ne m'ait pas fouillé !

— Cet appareil fonctionne-t-il ?

— Il est facile de s'en assurer. Sa portée doit être assez réduite.

— Pourrais-tu le régler de manière à envoyer un message au commissariat de River City ou à une voiture de patrouille ?

— Je le crois. »

Ned aimait tout ce qui touchait à la radio et passait des heures à réparer de vieux postes.

« Qu'envisages-tu de faire ? » ajouta-t-il.

Alice lui apprit que la voiture de son père avait été volée.

« Compris ! dit-il brièvement. Au travail ! »

Après avoir réglé l'appareil, il demanda à l'inspecteur de service d'envoyer des hommes au manoir. Il fournit une description de l'automobile de M. Roy.

Tout en conversant, Alice et Ned avaient gagné la route où M. Roy ne tarda pas à les rejoindre. L'avoué était couvert de piqûres de moustiques et exaspéré de revenir bredouille.

« Maintenant marchons dans l'espoir de croiser une âme charitable qui accepte de nous ramener à River City », conclut-il.

Comme il achevait ces mots, une voiture de police apparut, s'arrêta ; deux inspecteurs en descendirent. Mis au courant des mésaventures dont M. Roy, sa fille et Ned venaient d'être victimes, ils proposèrent de procéder en leur compagnie à une visite du manoir.

Ensemble ils entrèrent dans toutes les pièces sans découvrir la moindre trace de ses récents occupants. Ils s'engagèrent dans le souterrain secret. Alice brûlait d'impatience de jeter un coup d'œil de l'autre côté de la porte de châtaignier. Très déçue, elle ne vit qu'une toute petite salle vide, sans lumière verte, sans fantôme, sans présence humaine.

La pièce ne possédait pas d'autre issue.

« Pensez-vous que cette salle soit située sous la maison ? ou sous le parc ? » demanda-t-elle.

Après avoir pris diverses mesures, les policiers répondirent qu'elle se trouvait sous la maison, presque sous la cage de l'escalier. Elle n'était pas reliée à la cave.

« Vous avez cru voir un fantôme, mais ne me racontez pas qu'une personne en chair et en os a pu traverser une porte verrouillée, dit un inspecteur à la jeune fille.

— Je comprends que vous ayez eu grand peur, seule dans ce souterrain, plaisanta l'autre, alors votre imagination vous a joué des tours.

— Non, j'ai bel et bien vu une silhouette en blanc, protesta Alice. Quelque chose ou quelqu'un a fait tomber la lampe électrique que je tenais à la main. Voyez, elle est là, par terre, près de la porte. »

Alice comprit que les policiers mettaient en doute cette partie de son récit. Comment les en blâmer en l'absence de toute trace d'un être humain ou surnaturel !

Voyant la mine dépitée de sa fille, M. Roy intervint.

« Il est évident, messieurs, que ce manoir a été utilisé par une bande d'individus sans scrupules. Découverts, ils auront transporté ailleurs ce qui leur appartenait — et aussi ce qui ne leur appartenait pas, comme ma voiture.

— Nous allons nous lancer à la poursuite du coupable, promit un des inspecteurs ; ensuite nous tâcherons de savoir ce qui s'est passé dans cette propriété. Entre-temps, un de nos hommes sera envoyé ici.

— J'espère que vous ne m'accusez pas d'avoir inventé de toutes pièces cette histoire de fantôme, reprit Alice. Je ne crois pas plus que vous aux fantômes, mais ceux qui errent dans le manoir me semblent nourrir des desseins sinistres ; je suis bien résolue à les confondre après avoir rassemblé les pièces du puzzle.

— Si je ne vous connaissais pas, intervint le second inspecteur, je ne prendrais pas cette affaire au sérieux, tellement elle paraît fantastique.

— Tenez, voici un indice », dit l'avoué en lui tendant le tronçon de la baguette télescopique.

L'inspecteur reconnut une partie de l'attirail utilisé par les magiciens ou prétendus médiums. Ned lui montra à son tour le poste émetteur.

Le lendemain, dans l'après-midi, M. Roy fut averti qu'on avait retrouvé sa voiture à une centaine de kilomètres de River City. Le moteur était intact mais la garniture intérieure avait été lacérée. Alice en conclut qu'elle avait servi au transport du matériel que les voleurs voulaient dissimuler ailleurs.

Peu avant le dîner, Bess et Marion firent irruption chez les Roy.

« Alice, tu vas être furieuse quand tu sauras ce que nous venons d'apprendre ! s'écria Bess.

— Qu'est-ce qui ne va pas ?

— Des quantités de choses ! J'ai d'abord un message à transmettre de la part de Mme Imbert : Lola a parlé de toi dans son sommeil.

— Et alors ? Qu'y a-t-il là de si grave ? plaisanta Alice.

— Mme Imbert a dit qu'elle divaguait à propos d'un esprit qui lui aurait enjoint de n'avoir plus aucun rapport avec Alice Roy. Dans le cas où elle ne tiendrait pas compte de cet avertissement, l'esprit se vengerait sur elle et sur toi. »

Chapitre 16

Alice élabore un plan de bataille

« Lola pense qu'un esprit lui a ordonné de n'avoir plus aucun rapport avec moi, sinon il nous arrivera malheur à toutes deux ! s'exclama Alice.

— Oui, c'est ce qu'elle a dit dans son sommeil », répondit Bess.

Le visage grave, Alice se dirigea vers le téléphone. Bess la suivit.

« As-tu l'intention d'appeler Mme Imbert ou Lola ? demanda-t-elle.

— Non, j'irai les voir. Mais il faut d'abord que je m'entretienne avec Mme Clark. Bess, comprends-tu à quel point c'est sérieux ? Un "esprit" qui habite le corps d'un dangereux escroc a mis Lola en garde contre moi.

— Tu crois...

— Que les membres d'une bande de filous se faisant passer pour médiums savent que je suis sur leurs traces. Pour se protéger, ils ont raconté des boniments à leurs dupes.

— Et tu penses que Mme Clark a reçu le même avertissement ?

— Nous n'allons pas tarder à le savoir. »

Alice forma le numéro de Mme Clark. Celle-ci répondit presque aussitôt.

« Madame, c'est moi, Alice, commença la jeune fille. Je... »

Un bref déclic mit fin à la conversation. Alice refit le numéro ; elle n'obtint plus aucune réponse.

« Inutile, dit-elle en se tournant vers Bess. Elle refuse de me parler. On l'aura terrorisée.

— Que comptes-tu faire ?

— Me rendre chez elle. M'accompagnes-tu ?

— Volontiers. »

Les deux amies trouvèrent la veuve dans le jardin, occupée à cueillir des fleurs. À la vue du cabriolet, elle disparut à l'intérieur de sa maison.

Ce fut en vain qu'Alice sonna à la porte. Il lui fallut se résigner à l'évidence : Mme Clark ne voulait pas la recevoir.

Pensive, Alice remonta en voiture avec Bess et prit le chemin de la maison des Imbert. Lola répondit à son coup de sonnette mais, en reconnaissant Alice, elle recula.

« Non, non, n'entrez pas ! dit-elle d'une voix rauque. Vous, vous... êtes une ennemie... »

Ces propos attirèrent Mme Imbert. Elle réprimanda sa fille.

« Lola ! Qu'est-ce que cela signifie ? Pourquoi n'invites-tu pas tes amies à prendre une tasse de thé ?

— Vos amies... pas les miennes ! siffla la jeune fille au bord d'une crise nerveuse. Si vous insistez pour les introduire chez nous, je m'en vais !

— Lola ! Assez !

— Je pars, reprit Lola, ce sera mieux ainsi.

— Je te l'interdis. »

Alice lança un coup d'œil à Mme Imbert et déclara :

« Lola sait se débrouiller seule ; autant la laisser faire ce qu'elle veut. »

Mme Imbert n'insista pas et referma la porte.

Alice et Bess s'éloignèrent. Arrivée à l'angle de la rue, Alice s'arrêta.

« Surveillons Lola. Si elle sort, nous la suivrons de loin. »

Il faisait très chaud dans la voiture, et Bess se lassa vite d'attendre. Elle décida de rentrer seule chez elle.

Alice trouvait, elle aussi, le temps long et elle s'apprêtait à quitter la place quand elle vit Lola descendre en courant les marches du perron et enfiler la rue.

Quelques secondes plus tard, Alice mit sa voiture en marche et roula lentement sans perdre de vue la jeune fille.

En passant devant le bureau de poste, Lola jeta une lettre à la boîte.

« Je parie qu'elle a écrit aux escrocs. Ils lui auront dit d'utiliser le courrier normal au lieu du châtaignier », se dit Alice.

Elle attendit un peu, puis, sous l'effet d'une impulsion subite, elle gara sa voiture et entra à la poste. Une femme attendait au guichet de la poste restante. C'était la volubile passagère de l'avion pour La Nouvelle-Orléans.

Cachée derrière un gros pilier, la jeune fille l'entendit demander s'il y avait des lettres adressées à Mme Frank Irpell.

L'employée disparut et revint bientôt en secouant la tête. La femme la remercia, fit demi-tour et sortit du bâtiment. Après s'être assurée que la voie était libre, Alice regagna sa voiture et vit Mme Frank Irpell s'éloigner d'un pas rapide. Elle la suivit de loin et, quelques minutes plus tard, la vit s'engouffrer dans le hall de l'hôtel Claymore.

Trouver une place où garer le cabriolet ne fut pas chose facile et, quand Alice pénétra à son tour dans l'hôtel, un quart d'heure précieux s'était déjà écoulé. Elle s'informa auprès du réceptionniste de Mme Frank Irpell ; il lui fut répondu qu'il n'y avait personne de ce nom parmi les clientes. Alice fournit une brève description.

« Ah ! Vous voulez dire Mme Frank Turnel, répondit l'employé. Elle vient de régler sa note et de partir.

— Il y a longtemps ?

— Dix minutes à peine. Elle a pris un taxi et a donné au chauffeur l'ordre de la conduire à l'aéroport. Je crois qu'elle se rend à Chicago. »

Navrée d'avoir laissé échapper une suspecte, Alice se rendit chez son père et le pria de se mettre en rapport avec la police de Chicago.

M. Roy consentit volontiers à demander des renseignements sur Mme Turnel. Alice retourna ensuite à l'hôtel Claymore et obtint quelques feuilles de papier à lettres avec en-tête de l'hôtel. Quand elle rentra chez elle, son père était déjà là.

« J'aimerais savoir si Mme Turnel joue un rôle quelconque dans les séances de spiritisme et dans l'affaire des fausses actions, dit Alice. Veux-tu me dire sincèrement ce que tu penses de mon projet ? J'ai l'intention de dactylographier des lettres à l'adresse de Mme Clark, de Lola et de Sadie.

— En te servant du nom de Mme Turnel ?

— Oui. Si celui-là ne marche pas, j'essaierai celui

de Irpell. Bien entendu, je me contenterai de taper la signature.

— Mais que pourras-tu écrire sans te dévoiler ?

— Je dirai que, mes projets étant changés, je les prie d'adresser leurs messages à Mme Hilda Turnel, Hôtel Claymore.

— Elle n'y habite pas. Et pourquoi Hilda ? Ne m'as-tu pas dit qu'elle s'appelait Frank ?

— C'est la seule façon d'être sûre que les réponses sont celles que j'attends. D'ailleurs, ses clientes ou plutôt ses victimes ne connaissent sans doute pas son prénom. Et pour que ni Lola, ni Sadie, ni Mme Clark ne conçoivent des soupçons, je dessinerai l'insigne des trois ramilles dans un angle de l'enveloppe.

— Essaie toujours. Tu ne risques pas grand-chose. »

Un peu plus tard, Alice porta les lettres à la poste et se rendit à l'hôtel Claymore. Elle n'éprouva aucune peine à persuader le réceptionniste — qui n'ignorait pas ses talents de détective amateur — de lui remettre le courrier adressé à Mme Hilda Turnel.

Le surlendemain, le téléphone sonna. Alice reconnut la voix du réceptionniste.

« Mademoiselle Roy ?

— Oui. Avez-vous des lettres pour moi ?

— Une. Je la tiens à votre disposition. »

Chapitre 17

Nouvelles complications

La lettre venait de Sadie. Son employeur lui avait accordé une gratification et elle serait heureuse, disait-elle, de l'offrir aux orphelins dont s'occupait le *Ranch des Trois Ramilles, « Comme leurs parents défunts nous en ont prié de l'au-delà* », écrivait-elle en matière de conclusion.

La colère s'empara d'Alice.

« Les misérables ! gronda-t-elle. Rien n'attire plus la compassion que des orphelins ! Oser soustraire une partie de leurs gains à des employées en faisant appel à leur cœur, n'est-ce pas ignoble ? »

La jeune fille rentra aussitôt chez elle et rédigea une nouvelle lettre à l'intention de Sadie. Elle la mettait en garde contre des charlatans qui avaient monté une vaste escroquerie sous le couvert d'une œuvre charitable. En conséquence, elle lui conseillait de n'attacher aucune importance aux lettres ou appels téléphoniques émanant de personnes autres qu'elle-même, Mme Hilda Turnel, Hôtel Claymore.

Dans la soirée, elle consulta son père sur un projet qu'elle venait d'élaborer. Après s'être montré réticent, M. Roy donna son consentement et accepta même de l'aider.

« Tiens, conclut-il en écrivant une adresse sur une feuille de bloc-notes, tu pourras te procurer le nécessaire dans cette boutique de Winchester. »

Une troisième lettre fut rédigée à l'intention de Sadie. On l'y priait d'assister à une séance de spiritisme qui se déroulerait le lendemain soir. Une voiture la prendrait à l'angle de la rue Cross et de la rue Lexington.

À l'heure dite, Alice, entièrement dissimulée sous des voiles opaques, roulait dans la voiture d'un ami, conduite par son père. Afin de n'être pas reconnu, M. Roy portait une écharpe enroulée autour du cou et du menton et il avait enfoncé son chapeau sur ses yeux.

« Papa, tu ressembles à un brigand de grand chemin ! plaisanta Alice, comme ils arrivaient au croisement. Crois-tu que Sadie viendra ?

— J'aperçois une jeune fille blonde », répondit-il.

Alice tourna la tête et reconnut Sadie. D'un geste de sa main gantée, elle lui fit signe de monter à l'arrière.M.Roy démarra sans perdre une seconde.

Comme il avait été convenu, l'automobile prit la route de Blackwood. Alice surveillait du coin de l'œil la passagère. Elle était visiblement nerveuse et chiffonnait son mouchoir sans arrêt. Toutefois, quand ils descendirent de voiture et commencèrent à marcher, elle ne parut pas reconnaître les alentours.

Pendant ce temps, Ned les avait suivis dans une autre voiture, empruntée elle aussi. Dès qu'il vit l'avoué s'engager dans un sentier qui aboutissait au manoir, il quitta la route et se gara parmi d'épais buissons. Cela fait, il sortit une petite valise du coffre et partit à travers bois.

Alice, Sadie et M. Roy se dirigeaient vers la vieille demeure. Alice marchait en tête.

« Pourvu que tout se déroule comme prévu, songeait-elle la gorge serrée. Si Ned est en retard... »

Juste à ce moment, une lueur verdâtre brilla entre les arbres droit devant eux. Et une mélopée, étrange, rauque, s'éleva. Alice s'écarta pour laisser passer Sadie. La jeune fille fixait la lumière verte comme hypnotisée.

« L'esprit parle ! » murmura Alice en déguisant sa voix.

Une main lumineuse apparut. Elle flotta et toucha presque Sadie.

« Mon enfant, chevrota une voix de vieillard, je suis ton bien-aimé grand-père maternel, le père de ta chère maman.

— Oh ! C'est vous, Elias Parkins ! fit Sadie terrorisée.

— Oui, mon enfant. De là-haut, je veille sur toi... et je me tourmente. Ne donne plus d'argent au *Ranch des Trois Ramilles,* ou à toute autre cause à moins que je ne te le conseille moi-même.

— Mais grand-père...

— Et, poursuivit la voix chevrotante, n'obéis à aucun ordre venant d'un inconnu, à moins qu'il n'écrive ou ne prononce son nom à l'envers. N'oublie pas cela, Sadie, ma chérie, car c'est de la plus haute importance. »

La voix se tut, la lumière verte s'éteignit, l'obscurité et le silence s'appesantirent sur le bois.

« Grand-père ! Oh ! grand-père, reviens. Parle-moi encore ! » implora Sadie.

« La séance est terminée », annonça Alice sur un ton neutre.

Prenant Sadie par le bras, elle la ramena à la voiture. Tout le long du trajet, la jeune fille n'ouvrit pas la bouche, sauf pour demander à « la dame voilée » ce que son grand-père avait voulu dire.

D'une voix monocorde, Alice répondit :

« Vous ne devez obéir aux ordres de qui que ce soit, à moins que celui ou celle qui vous parle n'épelle ou prononce son nom à l'envers.

— Je ne comprends pas, reprit Sadie. Pourquoi les esprits devraient-ils...

— Elias Parkins ne faisait pas seulement allusion aux esprits. Des personnes sans scrupules se jouent de votre crédulité ; votre grand-père cherche donc à vous protéger. Il vous a fourni le moyen de séparer les bons des mauvais. Vous avez été en rapport avec Mme Turnel, n'est-ce pas ?

— Oui.

— Eh bien, si elle vous aborde ou vous écrit en disant : je suis Mme Turnel, prenez garde ! Si au contraire elle dit : je suis Mme Lenrut, alors vous pourrez lui accorder la même confiance qu'à votre grand-père.

— Je me conformerai à ses instructions », dit la jeune fille, et elle retomba dans le silence.

M. Roy arrêta la voiture au croisement des rues Cross et Lexington pour laisser descendre Sadie.

Ned attendait l'avoué et Alice chez eux, en compagnie de Sarah.

« Ai-je bien tenu mon rôle ? demanda-t-il d'une voix chevrotante.

— À la perfection, grand-papa ! répondit Alice en riant de bon cœur.

— Et tu ne sais pas tout. Un peu plus l'affaire ratait. Figure-toi que j'avais mal fixé la main de cire phosphorescente au bout de la baguette de magicien.

— La prochaine fois, j'en choisirai une plus facile à manier », promit Alice.

Elle faisait allusion à ses achats à la boutique indiquée par son père : une main de cire, une baguette télescopique, une bouteille contenant un mélange de phosphore et d'huile d'olive qui, aussitôt le bouchon enlevé, produisait un effet spectral.

La soirée s'écoula gaiement. Chacun avait à raconter ses impressions.

Le lendemain, Alice se rendit chez les Brown. Sadie n'était pas là, mais le vieux M. Brown, heureux d'avoir un peu de compagnie, se montra très bavard.

« Ma petite-fille n'est pas aussi tête en l'air que je le craignais, dit-il fièrement. Ce matin, elle m'a déclaré : "Grand-père, j'ai décidé de ne plus donner d'argent à des inconnus. "Que pensez-vous de cela ?

— C'est parfait, approuva Alice. J'espère qu'elle ne changera pas d'avis. »

Après avoir causé un bon moment avec l'aimable vieillard, Alice rentra chez elle. Ned l'attendait.

« Je suis venu aux nouvelles, dit-il. Tu n'as pas d'autre rôle à me confier ?

— Pas pour l'instant, répondit Alice, mais cela ne saurait tarder. »

Le téléphone sonna. C'était le réceptionniste de l'hôtel Claymore. Deux lettres étaient arrivées au nom de Mme Turnel.

« N'est-ce pas magnifique, Ned ? s'écria Alice. Viens, nous allons les chercher ensemble. »

Ils partirent dans la voiture de Ned. Arrivés devant l'hôtel, Alice descendit. Au bout de quelques minutes, elle revint, la tête basse.

« Que se passe-t-il ? demanda Ned. On a refusé de te remettre les lettres ?

— Le réceptionniste a quitté son poste pendant une demi-heure, expliqua-t-elle, et son remplaçant les a données à quelqu'un d'autre ! »

Chapitre 18

La cabane dans les bois

« C'est une jeune femme qui a pris ces lettres, dit Alice. Mme Turnel aura découvert notre ruse et envoyé une complice. Ou bien la chance l'a servie. »

Cette jeune femme ou jeune fille était-elle Lola ou une autre victime de la bande d'escrocs ?

« Il est possible que Mme Turnel soit revenue à River City, suggéra Ned.

— Oui. La police n'a pas encore retrouvé sa trace. Selon les rares informations reçues par papa, elle serait descendue d'avion avant Chicago, à un autre aéroport. On ignore lequel. »

Ned siffla doucement.

« Si elle est de retour, gare à toi, Alice !

— J'ai l'impression que les choses vont se précipiter. Que d'événements se sont produits depuis le vol des bijoux ! Nous savons que la bande se compose de quatre ou cinq personnes et tout me porte à croire que Howard Brex en est le chef. Le manoir leur a servi de quartier général jusqu'à ce que nous y mettions les pieds. Ces manifestations pseudo-surnaturelles étaient destinées non seulement à servir d'attrape-nigaud pour personnes crédules, mais aussi à nous effrayer.

— J'espère être là si des incidents nouveaux se produisent. Comme garde du corps je ne suis pas à dédaigner », déclara Ned en bombant le torse et en prenant un air avantageux.

Dans le courant de la journée, Alice téléphona à Marion et à Bess pour les inviter à l'accompagner au manoir de Blackwood.

« Soyez prêtes dans un quart d'heure », recommanda-t-elle.

Elle passa les prendre avec son cabriolet. Le trajet s'effectua sans encombre. Alice gara la voiture aussi près que possible de la vieille demeure, et elles partirent à pied.

« Alice, tu ne nous as pas dit ce que tu espères trouver cette fois ? déclara Bess.

— Je me suis rappelé que nous n'avions pas accordé assez d'attention aux traces de brouette. Il se peut qu'elles mènent à l'endroit dont les escrocs ont fait leur nouveau repaire. »

Le manoir semblait plus abandonné que jamais quand elles en approchèrent. Soudain Marion s'écria :

« Les voici ! Elles partent de la maison et s'enfoncent dans le bois. »

Les traces remontaient à plusieurs jours et pourtant elles étaient encore assez marquées pour former une piste très nette qui serpentait entre les arbres en s'éloignant de la rivière. Les jeunes filles la suivirent, s'arrêtant de temps à autre pour examiner les empreintes de pieds aux endroits où le sol était plus meuble. Tout à coup, à la lueur du soleil couchant, elles entrevirent une cabane au milieu d'une petite clairière. Elles s'en approchèrent prudemment : les fenêtres étaient obturées par des rideaux de couleur sombre. Les marques de roue allaient jusqu'à la porte de derrière.

« C'est là ! chuchota Alice, très excitée. Regardez, une petite route mène à la porte d'entrée, comme Mme Clark me l'a raconté. »

Bess recula, tirant Marion par la manche.

« Alice, quelqu'un y habite. Nous n'avons pas le droit de nous introduire par effraction. Allons-nous-en, implora-t-elle.

— Sans même chercher à savoir ce qu'il y a à l'intérieur ? fit Alice, étonnée.

— C'est l'affaire des policiers ! » répliqua Bess.

Et elle ne voulut plus bouger de place.

Sans s'occuper d'elle, Alice et Marion firent le tour de la cabane. Aucun signe de vie. Marion se décida à frapper à la porte.

« Personne, dit-elle. Il ne nous reste qu'à nous en aller. »

Alice inspectait la route sinueuse qui passait près de la cabane. Après quelques mètres, elle se perdait dans le sous-bois.

« Viens, Bess, dit-elle. J'aimerais savoir où elle conduit. »

Bess refusa de la suivre.

« Ton cabriolet est à plus d'un kilomètre d'ici, dit-elle. Il risque d'être volé comme la voiture de ton père si nous nous attardons davantage. »

Cette remarque n'étant pas dépourvue de sagesse, Alice renonça à poursuivre son enquête, non sans regret.

Elles retrouvèrent le cabriolet à l'endroit où elles l'avaient laissé.

« J'ai une idée, déclara Alice tandis qu'elle mettait le contact. Retournons à la cabane par la route.

— Encore faudrait-il connaître cette route », remarqua Bess.

Alice étendit une carte devant elle ; seules y figuraient les voies principales. Néanmoins, en suivant la ligne noire très étroite qui semblait longer le bois, elles arriveraient à un sentier menant sans doute à la fameuse cabane. Telles furent du moins les prévisions de la jeune détective. À une allure très lente, elles roulèrent sur la route qu'Alice avait repérée, guettant l'amorce d'un chemin privé.

« Là ! s'écria soudain Bess, à gauche ! »

Alice s'engagea sur un chemin de terre.

« Attends ! ordonna Marion. Un peu plus avant, sur la voie que nous suivons, j'aperçois un croisement. »

Ne sachant quoi faire, Alice arrêta la voiture. Au même moment, elles virent une automobile passer sur la nationale qu'elles venaient de quitter. Une femme voilée tenait le volant. Sur le siège arrière une autre femme était prostrée.

La voiture tourna dans le chemin que Marion venait de signaler.

« Était-ce Mme Clark ? s'écria Marion.

— Je n'ai pas eu le temps de bien voir, répondit Alice. Mais j'ai pu lire le numéro de la voiture. Note-le vite pendant que je l'ai encore en tête. »

Marion s'empressa de le faire.

« Suis-la ! dit-elle.

— Pas de trop près, conseilla Bess. Nous n'avons aucun intérêt à attirer l'attention. »

Les jeunes filles attendirent trois minutes avant de reculer jusqu'à la grande route et de s'engager à leur tour dans le chemin de terre que venait d'emprunter l'autre voiture. Les traces de pneus se détachaient nettement dans la poussière.

Le chemin serpentait entre les arbres. Bientôt, il se rétrécit encore. Alice devina que la cabane était proche. Par mesure de précaution, elle gara son cabriolet à l'abri de buissons épais ; avec ses amies, elle poursuivit à pied.

« La voilà ! murmura Alice en reconnaissant le toit et la cheminée. Si nous repartions...

— Ouf ! Dieu soit loué ! Enfin nous rentrons ! fit Bess.

— Non, toi seulement. Marion et moi, nous allons rester près de la cabane et surveiller les allées et venues. Pendant ce temps tu iras à River City. Tu te rendras au service du roulage et tu chercheras le nom du propriétaire de l'automobile que nous avons suivie. En voici le numéro. Ensuite tu téléphoneras chez Mme Clark. Si elle répond, nous saurons qu'elle n'était pas dans cette voiture. Cela fait, tu te débrouilleras pour trouver papa ou Ned et pour ramener l'un d'eux aussi vite que possible. Il se peut que nous ayons besoin d'aide. Tu as compris ?

— Oui... oui, je crois, répondit Bess, mais cela m'ennuie de vous quitter.

— File et bonne chance ! » dit Alice en souriant.

Bess ne se le fit pas dire deux fois. Elle démarra en trombe. Les autres la regardèrent s'éloigner, puis, sans bruit, elles se rapprochèrent de la cabane.

Chapitre 19

La piste fléchée

Aucune automobile aux abords ; Alice et Marion se regardèrent avec stupéfaction.

« Qu'est-ce que cela signifie ? chuchota Marion. Pourtant, les traces de pneus sont visibles.

— Il est possible que la conductrice nous ait repérées et qu'elle ait modifié ses plans à la dernière minute. Attends-moi ici, surveille la cabane, moi, je vais suivre les traces jusqu'au bout du chemin.

— Ne lambine pas ; je n'ai aucune envie de me trouver seule en cas de danger. »

Des buissons où elle s'était dissimulée, Marion vit Alice disparaître à un tournant du sentier.

D'abord, rien ne se produisit. Sur le point d'en conclure que l'endroit était désert, Marion perçut un son étouffé provenant de la cabane.

« Pourvu qu'Alice revienne vite ! » se dit-elle.

Cinq minutes s'écoulèrent : Marion ne quittait pas des yeux la porte d'entrée. Soudain, son attention fut attirée par un panache de fumée qui s'élevait de la cheminée.

« Il y a quelqu'un à l'intérieur », conclut-elle.

Mue par la curiosité, elle se rapprocha à pas furtifs et vit que de la fumée s'échappait par les interstices de la porte.

« Le feu ! » s'exclama-t-elle.

Plus aucun son ne venait de l'intérieur.

« Tant pis, je force la porte », décida-t-elle.

De toutes ses forces, elle se jeta contre le battant. Il résista. Elle prit une grosse pierre et la jeta dans la fenêtre voisine de la porte. Une vitre vola en éclats. La fumée sortait à flots puis se dissipa. Alors, Marion passa la tête par l'ouverture.

La pièce était déserte et *il n'y avait pas de feu,* pas même dans la grande cheminée ! Quelques écharpes de fumée flottaient encore. Mais son odeur n'était pas celle du bois brûlé.

Surprise, Marion inspecta la salle du regard. Elle était simplement meublée et rien n'indiquait qu'elle eût servi à des séances de spiritisme.

« Je n'ai pourtant pas rêvé, grommela Marion. Il y avait de la fumée, la porte est verrouillée, personne n'a donc pu fuir par là. »

Il n'y avait rien de plus à voir. À quoi bon pénétrer dans la cabane ? D'ailleurs les pensées de Marion étaient tournées vers son amie dont l'absence prolongée lui causait assez d'inquiétude.

De longues minutes passèrent encore. Alice ne réapparaissait toujours pas. Au bout d'une heure, folle d'angoisse, Marion regagna l'endroit où elles avaient quitté Bess. Elle allait se résoudre à partir à pied pour River City, quand elle vit surgir le cabriolet.

« As-tu croisé Alice ? demanda Marion.

— Non, pourquoi ? »

Sa cousine lui raconta la singulière histoire de la cabane et l'étrange disparition d'Alice. Bess pâlit.

Elle-même revenait bredouille.M.Roy avait été appelé hors de la ville et Ned était introuvable.

« Alors que nous avons tellement besoin d'eux ! s'écria Marion. As-tu au moins le nom du propriétaire de la voiture ?

— Oui, elle appartient à Mme Clark !

— Bon, occupons-nous d'abord de prévenir M. Roy de la disparition d'Alice. Sarah saura peut-être où le joindre. »

Bess reprit le volant et les jeunes filles se hâtèrent de prendre la route de River City. Chez les Roy, Sarah leur apprit que, dans la précipitation du départ, l'avoué avait oublié de dire où lui téléphoner en cas d'urgence.

« C'est à nous d'agir, conclut Sarah. Tout l'après-midi le réceptionniste de l'hôtel Claymore a téléphoné. Il demandait Alice. »

Pendant ce temps, la jeune détective n'en menait pas large. Sur le sol, là où le chemin en croisait un autre, elle avait remarqué l'insigne des trois ramilles.

Cette fois, il comportait, en plus, une petite flèche. Celle-ci était pointée vers un sentier étroit, tapissé d'herbes folles, qui se perdait entre les arbres. Sans prendre le temps d'aller prévenir Marion, elle avait suivi cette piste.

Une série de flèches la conduisirent dans l'épaisseur du bois. Enfin, elle arriva près d'un châtaignier presque aussi majestueux que le fameux châtaignier des Humphrey.

« C'est peut-être encore un point de rencontre ou une autre boîte à lettres clandestine ! » se dit Alice.

Il y avait bien un creux dans le tronc, mais il était vide. Elle se disposait à faire demi-tour, quand elle aperçut par terre un morceau de papier. Ce n'était qu'une feuille arrachée à un catalogue et dont la moitié manquait.

« Tiens ! Je suis presque sûre d'avoir ramassé l'autre moitié dans la clairière ! » se dit-elle.

Elle lut une annonce vantant les mérites d'un produit fumigène pour séances de spiritisme.

Elle lisait encore quand elle entendit un bruit de pas : entre les arbres la silhouette d'une jeune femme se détacha soudain. Alice recula pour se dissimuler derrière l'énorme tronc du châtaignier.

Un coup brutal la frappa à la nuque. Avec un cri, elle s'abattit sur l'herbe.

Chapitre 20

Togo à la rescousse

Chez les Roy, Bess, Marion et Sarah discutaient de ce qu'il convenait de faire. L'absence d'Alice les inquiétait de plus en plus.

« Téléphonons à la police », décida Sarah.

Personne n'avait prêté la moindre attention à Togo. Comme s'il comprenait les paroles de la gouvernante, il fit entendre un long gémissement.

« Qu'y a-t-il, mon vieux ? dit Marion en le caressant. Essaies-tu de nous faire comprendre quelque chose à propos d'Alice ? »

Togo jappa deux fois. Puis il courut vers la porte d'entrée et recommença.

« Il veut que nous le suivions, observa Sarah.

— C'est une bonne idée, approuva Marion. Avant de prévenir la police, voyons s'il nous mettra sur les traces d'Alice.

— Vous avez raison », fit Sarah.

Après avoir pris son manteau et une chaussure de tennis appartenant à Alice, elle monta en voiture avec les deux cousines et le fidèle Togo.

Bess conduisit à vive allure. Aussitôt la voiture

arrêtée, Sarah en descendit et donna la chaussure à sentir au fox-terrier.

« Cherche ! » ordonna-t-elle.

Togo gémit, flaira la chaussure et, la prenant entre ses dents, partit sur le sentier.

Au bout de quelques mètres, il laissa tomber le soulier et se mit à chercher, le nez au ras du sol. Puis il pénétra dans le bois, suivi par Sarah et par les deux cousines. Arrivé près d'un grand châtaignier, il en fit le tour et aboya.

« Mais Alice n'est pas là ! » s'exclama Bess, prise de désespoir.

À ce moment, le petit chien partit à toute vitesse sous des taillis. Bientôt on l'entendit japper et gémir.

« Il a trouvé quelque chose », dit Sarah en se précipitant.

Marion écarta les buissons et poussa un cri. Alice était là, étendue sans connaissance. Togo lui léchait le visage. Comme Sarah se baissait, elle souleva la tête. À la vue du chien, elle tendit une main hésitante.

« Bonjour, Togo, marmonna-t-elle. Comment... Comment es-tu ici ? Où suis-je ? Oh ! Sarah ! toi aussi... »

Bouleversée, la gouvernante serra la jeune fille dans ses bras. Voyant qu'elle ne souffrait d'aucune blessure, elle lui demanda de raconter ce qui s'était passé.

« Je n'en sais rien, reconnut Alice. J'ai vu une femme arriver à travers bois. Je me suis cachée et j'ai reçu un coup sur la tête. C'est tout ce dont je me souviens.

— Qui a pu commettre une pareille lâcheté ? s'écria Sarah, horrifiée.

— Oh ! Ce n'est pas difficile à deviner, répondit

Alice. Voyez cet arbre. Les victimes viennent y déposer l'argent dont les escrocs s'emparent. J'ai eu la malchance de me trouver là au moment précis où une de ces proies trop crédules était attendue.

— Ton agresseur est peut-être resté dans les parages, intervint Bess... Si...

— Je vais prévenir la police », coupa Sarah.

Alice tenta en vain de l'en dissuader. Ses arguments se heurtèrent à une ferme résolution. Sans vouloir l'écouter, Sarah l'aida à se relever et à gagner la voiture dans laquelle elles s'entassèrent toutes. Arrivée en ville, Sarah fit arrêter le cabriolet devant le commissariat de police et descendit. En quelques mots, elle mit l'inspecteur de garde au courant de l'agression dont Alice venait d'être victime.

Plusieurs policiers partirent sur-le-champ et ratissèrent le bois, mais, comme Alice l'avait prévu, ils ne trouvèrent pas son agresseur. Toutefois, en perquisitionnant dans la cabane, ils réunirent de nombreuses preuves de l'intérêt de ses occupants pour la magie. Les diverses pièces à conviction furent embarquées dans un fourgon.

Le lendemain matin, Alice se rendit à l'hôtel Claymore où on lui remit une lettre adressée à Mme Turnel. Elle portait la signature de Mme Clark.

De façon très sèche, à peine courtoise, la veuve signifiait à Mme Turnel qu'elle se passerait désormais de ses services. De nouveau, l'esprit de son défunt époux lui rendait visite dans sa propre maison et lui offrait des conseils éclairés.

Alice resta songeuse quelques minutes. Enfin, elle résolut d'aller voir Mme Clark. Personne ne répondit à son coup de sonnette. Une aimable voisine lui apprit que la veuve avait été absente toute la matinée.

« Mme Clark conduit-elle ? demanda Alice en apercevant une automobile dans le garage ouvert.

— Non, elle y a renoncé depuis la mort de son mari et elle ne permet à personne de toucher à cette voiture. » Qui donc l'empruntait sans son autorisation ? Alice n'y comprenait plus rien.

D'abord plutôt bavarde, la voisine prit un air soupçonneux. Par chance la sonnerie lointaine du téléphone la rappela chez elle.

Alice profita de ce qu'elle était seule pour jeter un coup d'œil à la voiture. Elle inspecta avec soin la carrosserie. Celle-ci était couverte d'une épaisse couche de poussière et un cric soutenait le châssis. De toute évidence, elle n'était pas sortie depuis plusieurs mois.

Une particularité frappa la jeune détective : la plaque minéralogique portait un numéro différent de celui enregistré sous le nom de Mme Clark.

« On lui aura volé la sienne et on l'aura remplacée par une autre, conclut la jeune détective. C'est certainement une ruse des escrocs. »

Elle se précipita au bureau du roulage. Un employé consulta le registre et la renseigna aimablement : le numéro relevé sur la voiture de Mme Clark avait été attribué à un certain Jack Sampson, de Winchester, ville située à soixante-quinze kilomètres de River City. Et ce n'était pas tout :

« Jack Sampson est mort il y a quelques mois. Sa voiture ayant été placée sous séquestre dans un garage, la plaque minéralogique a été volée. Nous venons d'en être avisés par le notaire chargé de liquider la succession. »

Alice remercia l'employé et décida de retourner chez Mme Clark. Peut-être, cette fois, aurait-elle la chance de la trouver avant d'informer la police.

Elle arriva juste au moment où la veuve remontait la rue, chargée de nombreux paquets. Aimablement, Alice lui proposa d'en prendre quelques-uns. Mme Clark y consentit, mais elle se garda de l'inviter à entrer chez elle. C'est donc sur le perron qu'Alice lui raconta l'histoire de la plaque.

« Je n'étais pas dans la voiture que vous avez vue et vous vous trompez au sujet de la plaque minéralogique, dit sèchement Mme Clark.

— Venez, si vous ne me croyez pas », répondit Alice.

Sur le seuil du garage, elle poussa un cri de stupéfaction.

Le vrai numéro avait été replacé sur la voiture.

« Vous comprenez maintenant la raison de mon attitude réservée à votre égard, déclara Mme Clark sur un ton glacial. Je n'ai plus besoin de vous, Alice Roy. D'ailleurs, j'attends d'un jour à l'autre la restitution de mes bijoux. L'esprit de mon défunt époux me l'a promis. Au revoir. »

Très digne, Mme Clark rentra chez elle et ferma la porte. Alice en conçut quelque dépit, mais réagissant, elle alla prendre conseil de son ami, le commissaire de police Stevenson.

« Je crains que Mme Clark ne soit en danger », lui dit-elle.

Et elle lui exposa les faits. Toutefois, elle se garda de formuler l'hypothèse qu'elle venait d'élaborer : un membre de la bande de faux médiums jouait peut-être le rôle de M. Clark. En effet, une fenêtre de la chambre à coucher de la veuve ouvrait sur la terrasse qui s'étendait au-dessus du porche. Rien de plus aisé à un homme agile que de grimper jusque-là et de se livrer à une séance de ventriloquisme.M.Stevenson accepta d'affecter deux hommes à la surveillance de la maison. Alice le remercia et retourna chez elle.

Persuadée que les choses allaient se précipiter, Alice fut très déçue de ne recevoir aucun coup de téléphone du commissaire. Elle attendit vingt-quatre heures, puis n'y tenant plus, elle le pria de la recevoir.

« La maison est vide, lui dit-il, et je vais rappeler mes hommes.

— Comment ? Mme Clark est partie ? fit Alice, incrédule.

— Oui, ce matin même, sans doute en vacances. »

Très troublée, Alice insista :

« Non, je n'en crois rien. Elle aura plutôt reçu un message de l'au-delà lui enjoignant de s'éloigner de River City. »

En proie à un profond découragement, Alice revint chez elle. À peine était-elle au salon que la sonnerie du téléphone retentit. C'était Mme Imbert.

« Oh ! mademoiselle ! Lola a disparu !

— Disparu ?

— Oui, gémit la malheureuse mère. Elle a laissé un mot annonçant qu'elle quittait la maison et qu'elle n'y reviendrait jamais. Je vous en supplie, retrouvez-la ! »

Chapitre 21

Le chalet au bord du lac

Très inquiète, Alice se rendit aussitôt chez Mme Imbert pour obtenir de plus amples détails. Elle apprit que Lola était partie en coup de vent sans emporter le moindre bagage. Selon Mme Imbert, sa fille aurait été enlevée ou attirée dans un guet-apens.

« Ne craignez rien, dit Alice. Je crois plutôt qu'elle est la victime d'escrocs qui, sous la menace, lui arrachent ses gains. Ils ont tout intérêt à ce qu'elle travaille. Pourquoi lui feraient-ils du mal ? »

En fait, la jeune fille n'était pas aussi rassurée qu'elle feignait de le paraître. Après avoir dit à la malheureuse mère que Lola ne tarderait pas à comprendre son erreur et à revenir, Alice prit congé et se dirigea vers le jardin public afin d'y réfléchir en paix.

Assise sur un banc près du lac, elle regardait sans les voir deux cygnes majestueux et ne prêtait guère attention à une femme mince, vêtue de noir, qui avait pris place à côté d'elle. Au bout d'un moment, l'inconnue sortit un mouchoir de son sac et se mit à éponger les larmes qui ruisselaient de ses yeux. Compatissante, Alice se pencha vers elle.

« Avez-vous des ennuis ? demanda-t-elle gentiment.

— Oui, graves ! » répondit la femme.

Heureuse de se confier, elle raconta une histoire en tout point semblable à celle de Lola.

« C'est ma fille... Nellie gagnait bien sa vie, mais elle a beaucoup changé ces derniers temps. Elle ne m'aide plus, ne me verse plus de pension. Sans doute dépense-t-elle son argent en fariboles. »

Alice écoutait attentivement. Elle posa quelques questions, puis suggéra à l'inçonnue de demander à sa fille : « T'arrive-t-il de déposer de l'argent dans le creux d'un châtaignier noir ? »

— D'un châtaignier noir ! s'écria la femme, stupéfaite.

— Tâchez aussi de savoir si elle envoie de l'argent par la poste et, en ce cas, à qui ? ajouta Alice. Demandez-lui également si elle va chez un médium ou si elle fait parvenir des dons au *Ranch des Trois Ramilles,* ou encore si les esprits lui parlent la nuit.

— Seigneur ! s'écria la femme. Vous m'affolez ! »

Alice écrivit le numéro de téléphone privé de son père sur une feuille de bloc-notes et la tendit à l'inconnue.

« Si vous avez besoin d'une aide ou d'un renseignement, téléphonez-moi à ce numéro », dit-elle.

La femme prit la feuille et se leva.

« Que dois-je faire si Nellie répond par l'affirmative à une de ces questions ? dit-elle.

— Me prévenir aussitôt.

— Merci, mademoiselle. Merci de tout cœur », murmura la femme.

Et elle s'éloigna rapidement.

Quand elle eut disparu, Alice se reprocha de lui avoir offert ses conseils sans même la connaître.

Agacée, mécontente d'elle-même, elle se dirigea vers sa maison où l'attendait un télégramme de son père. Il lui annonçait que des détectives privés de Chicago avaient retrouvé les bijoux de Mme Clark chez un prêteur sur gages. Toutefois, la bague ayant appartenu à M. Clark et un collier de perles manquaient encore.

Comment communiquer cette nouvelle à Mme Clark ? se demandait Alice. Qu'était-elle devenue ? Et Lola ? Y avait-il un lien entre leurs disparitions ? N'étaient-elles pas toutes deux retenues prisonnières dans le manoir de Blackwood ou dans quelque autre repaire des escrocs ?

La jeune fille repoussa cette idée. Les misérables étaient trop avisés pour commettre une pareille imprudence. Ils n'ignoraient certes pas la surveillance dont le manoir faisait l'objet, ni l'enquête menée par la police. Il semblait plus logique de supposer que la bande s'était déplacée ailleurs. Où était allée Mme Clark ? Il devenait urgent de le découvrir.

En s'informant auprès des voisins de la veuve, Alice apprit que le mari de celle-ci possédait autrefois un rendez-vous de chasse sur le lac Jasper, à environ deux cent cinquante kilomètres de River City. Depuis sa mort, Mme Clark n'avait pas eu le courage d'y retourner. « Il se peut qu'elle y soit », se dit Alice.

Sarah se montra réticente quand Alice lui fit part de son projet d'y aller.

« Je préférerais que tu attendes le retour de ton père.

— Pourquoi ? répliqua Alice en riant. Songe au repos dont tu jouiras sans tes deux tyrans ! »

Après avoir protesté, Sarah consentit à ce départ, à la condition expresse que les parents de Bess et ceux de Marion les autorisent à accompagner Alice dans son expédition.

« Si, pour une raison ou une autre, tu décides de coucher là-bas plus d'une nuit, téléphone-moi », insista la gouvernante.

Munies d'une valise légère, les trois jeunes filles partirent le lendemain matin à sept heures. Tout en conduisant, Alice mit ses amies au courant de la fuite de Lola.

« Sans doute, ces escrocs lui auront-ils procuré un emploi dans une ville où elle sera davantage sous leur emprise. Je veux la retrouver ainsi que Mme Clark. »

Le lac s'étendait au cœur d'une vaste forêt de pins. Les trois amies s'enquirent du rendez-vous de chasse des Clark. Il se nichait, leur dit-on, à l'extrémité du lac, près d'un bourg isolé : Darklock.

« Inutile de poursuivre avant d'avoir déjeuné, déclara Bess. Il est plus d'une heure et je meurs d'inanition. »

Elles choisirent un petit restaurant d'aspect agréable mais simple où on leur servit un repas succulent. Comme elles remontaient en voiture, Alice poussa un cri.

« Est-ce que mes yeux me trompent ? dit-elle, en démarrant, ou est-ce bien Lola qui marche devant nous ?

— Oui, c'est elle ! je la reconnais ! s'écria Bess. Que fait-elle par ici ?

— Il est possible qu'elle soit avec Mme Clark, répondit Alice, les sourcils froncés.

— Quelle idée ! Elles ne sont pas du même âge, protesta Bess.

— Et qui te dit que les médiums ne les ont pas présentées l'une à l'autre ? » répliqua Alice.

Elle dépassa la jeune fille convaincue que c'était bel et bien Lola, elle descendit de voiture et se porta à sa rencontre, suivie des deux cousines.

Lola leva les yeux vers elle, mais son visage resta inexpressif, son regard lointain. Elle poursuivit sa route sans voir les trois amies.

« Par exemple ! s'exclama Bess ahurie. Elle feint de ne pas nous connaître.

— Ce n'est pas sûr qu'elle le fasse exprès, répondit Alice. Elle se comporte comme le soir où Ned et moi l'avons sauvée.

— En ce cas abordons-la, suggéra Marion.

— Non, suivons-la, dit Alice elle nous conduira peut-être chez Mme Clark ou chez les escrocs. »

Elles attendirent que Lola se fût assez éloignée ; alors elles montèrent en voiture et roulèrent à quelques mètres d'elle. Au sortir du village, Lola prit à travers bois. Alice gara le cabriolet entre les arbres ; elles continuèrent toutes trois à pied. Après avoir parcouru environ un kilomètre, elles virent un chalet en bois à un étage d'assez belle dimension. À l'entrée d'une allée y conduisant une pancarte indiquait : *Cottage Clark.*

« Ton flair ne t'a pas trompée, Alice », murmura Bess en voyant Lola pénétrer dans le chalet par la porte de derrière.

« Entrons et parlons avec Mme Clark », décréta Marion.

Alice hésitait.

« Le fait que Lola soit ici complique l'affaire, dit-elle. Tout cela, je le crains, cache des choses plus graves que nous ne le pensions. »

Marion et Bess réclamèrent une explication ; Alice refusa de la leur fournir aussi longtemps qu'elle ne serait pas assurée de la présence de Mme Clark chez elle. Juste à ce moment, la veuve sortit de sa maison. Les jeunes filles restèrent dissimulées. Après avoir fait quelques pas dans le jardin, Mme Clark rentra.

« Je crains que Lola ne soit qu'un jouet entre les mains des voleurs de bijoux, murmura Alice.

— Autrement dit, Lola, hypnotisée par eux, va s'emparer des biens de Mme Clark ! souffla Bess, horrifiée à cette pensée.

— C'est possible. J'aimerais mener une petite enquête dans le village avant de signaler notre présence ici.

— Ne crains-tu pas que quelque chose de terrible ne se produise pendant que nous serons éloignées ? objecta Bess. Ne devrions-nous pas mettre en garde ces deux malheureuses ?

— Il n'arrivera rien d'ici ce soir, répondit Alice. Ces individus agissent de préférence à la faveur de la nuit.

— Pourvu qu'ils n'aient pas soutiré tout son argent à Mme Clark, intervint Marion.

— Je ne le pense pas, dit Alice. La présence de Lola ici semble indiquer qu'ils ne sont pas encore parvenus à leurs fins. Une fois le travail terminé, ils la renverront chez elle. C'est du moins ce que j'imagine. »

De retour à Darklock, Alice s'arrêta devant une banque. Hélas ! c'était jour de fermeture, aussi la jeune fille dut-elle se présenter au directeur, un certain M. Lathrop. Agréable surprise ! M. Roy avait résolu une affaire difficile pour M. Lathrop.

« Quel service puis-je vous rendre ? » questionna-t-il aimablement.

Alice lui demanda si Mme Clark avait un coffre-fort à son nom où elle conservait des actions et de l'argent liquide.

« Oui, elle a gardé celui de son mari et la majeure partie de son héritage s'y trouve. »

Le pouls d'Alice s'accéléra et elle voulut savoir si la veuve était venue récemment à la banque.

« Oui, dans la matinée même, répondit M. Lathrop. Que se passe-t-il ? s'inquiéta le directeur en voyant la mine consternée d'Alice.

— Je crains d'être arrivée trop tard. Des voleurs se sont déjà emparés de ses bijoux et je les soupçonne de viser tout l'héritage. J'ai essayé d'intervenir...

— Si ce que vous dites est vrai, coupa le directeur, il faut tout de suite alerter la police.

— J'y vais de ce pas. »

Alice rejoignit ses amies ; ensemble elles prirent le chemin du commissariat.

« On nous a signalé plusieurs vols ces derniers jours, dit l'inspecteur auquel Alice s'adressa. Il se peut que la bande que vous nous signalez en soit responsable ; en tout cas nous ne serions pas fâchés de mettre la main sur le chef et ses complices. »

Dans la soirée, les trois amies obtinrent une grande chambre à deux lits, un à deux places l'autre simple, à l'hôtel du Lac ; l'inspecteur avait promis qu'il les préviendrait aussitôt si un incident nouveau se produisait.

Au petit jour la sonnerie du téléphone grésilla. Alice décrocha le combiné, écouta attentivement, puis se tourna vers les deux cousines, encore endormies.

« Réveillez-vous ! s'écria-t-elle. Les policiers ont arrêté un suspect ! »

Chapitre 22

Un visiteur nocturne

Au commissariat, les trois amies apprirent qu'un homme avait été appréhendé au moment où il s'introduisait par effraction dans le cottage de Mme Clark, peu après minuit. Il avait refusé de dévoiler son identité, et de répondre aux questions posées par les inspecteurs.

« Pourriez-vous jeter un coup d'œil sur cet individu par le judas et nous dire si vous le connaissez ? » demanda l'inspecteur de garde.

L'une après l'autre, Alice, Bess et Marion regardèrent le prévenu à travers le petit rectangle grillagé. Peine perdue, elles ne l'avaient jamais rencontré auparavant.

« Il passera sans doute aux aveux dans la matinée quand nous reprendrons l'interrogatoire, dit l'inspecteur. Revenez plus tard, s'il vous plaît. »

Alice suggéra à ses amies de l'accompagner au cottage. Comme il était très tôt, elles se promenèrent sur la rive du lac. Quand elles arrivèrent chez Mme Clark, celle-ci s'affairait dans le salon. Elle bouclait en hâte des valises et ne fit aucun effort pour dissimuler le déplaisir que lui causait leur irruption.

« Comment avez-vous découvert mon adresse ? demanda-t-elle d'un ton rogue.

— Ce serait trop long à vous expliquer, répondit Alice. Mais, je vous en prie, répondez-moi : avez-vous encore vos actions et votre argent liquide ? »

Prise de court, Mme Clark chancela. Avec un effort de volonté visible, elle parvint à s'asseoir.

« Alice Roy, votre vue m'est insupportable ! Quel toupet vous avez ! Pas une âme en ce monde ne sait...

— Madame, ne vous mettez pas en colère, supplia la jeune fille. Lorsque vous m'avez refusé votre confiance et avez quitté River City sans m'en avertir, j'ai simplement réfléchi comme l'aurait fait tout autre détective. Je cherche à vous protéger contre votre propre générosité. Si j'ai été indiscrète, pardonnez-moi. Vous n'avez pas voulu me croire quand je vous ai dit que vous étiez victime de gens dénués de scrupules. En apprenant que vous aviez sans doute retiré votre argent et vos actions de votre coffre en banque, j'ai aussitôt informé la police et elle a arrêté celui qui se disposait à vous voler. »

La veuve releva enfin la tête.

« Oui, mes biens sont en sécurité. Vous... vous êtes au courant ?

— Très peu. Racontez-moi tout.

— Oh ! j'en suis encore bouleversée, répondit la veuve. Ma femme de chambre et moi, nous dormions profondément, cette nuit... (Ainsi donc, Lola était au service de Mme Clark !) Soudain, nous avons entendu un coup de revolver, suivi d'une bousculade. Plusieurs policiers frappaient à la porte d'entrée. J'ai enfilé une robe de chambre et suis descendue ouvrir.

Ils m'ont demandé si je connaissais l'homme qu'ils venaient de surprendre en train de s'introduire chez moi par une fenêtre ouvrant sur le lac.

— Le connaissiez-vous ?

— Non. Peu importe ! J'ai peur, je veux m'en aller.

— Et votre femme de chambre ?

— Je n'ai pas encore prévenu Violette.

— Violette ?

— Oui, Violette Kim. »

Alice apprit à Mme Clark que « Violette », alias Lola Imbert, s'était enfuie de chez sa mère, probablement sous la pression de la bande d'escrocs à laquelle devait appartenir le visiteur nocturne.

Mme Clark se fit plus aimable. Elle exprima son regret de s'être montrée aussi peu gentille et confiante envers Alice.

« Vous aviez reçu un message par l'intermédiaire du médium ; l'esprit vous enjoignait de retirer votre argent de la banque et de le garder chez vous en attendant de nouvelles instructions ? dit Alice.

— Oui, mon bien-aimé mari est entré en communication avec moi.

— Écoutez-moi, madame : rapportez ce que vous avez pris dans votre coffre et n'y touchez plus aussi longtemps que M. Lathrop ne vous l'aura pas conseillé.

— Je vais y réfléchir, concéda Mme Clark. En tout cas, merci pour tout. »

Bess intervint à ce moment et voulut savoir comment Lola était entrée au service de Mme Clark.

« L'esprit de mon cher défunt m'a prévenue qu'une jeune fille prénommée Violette se présenterait au cottage et il m'a ordonné de l'engager. Elle n'avait aucun bagage avec elle et m'a déclaré s'appeler Violette Kim. Gentille, serviable, elle est cependant un peu étrange, on dirait une somnambule. Aussi n'ai-je pas l'intention de la garder à mon service.

— Je vais essayer de la faire sortir de cet état, déclara Alice. Si j'y réussis, elle repartira d'elle-même. Sa mère l'attend et la recevra à bras ouverts. »

Lola était assise au bord du lac. Elle regarda les trois amies sans les reconnaître. Alice lui parla de sa mère, de River City ; peu à peu la jeune fille sortit de sa torpeur, s'anima, puis, tout à coup, elle éclata en sanglots.

Alice lui prépara un thé fort, le lui fit boire, et l'emmena se reposer dans sa chambre. Après une heure de sommeil, elle se réveilla, très étonnée :

« Où suis-je ?

— Chez moi, Lola, dit Mme Clark, assise auprès d'elle. Vous êtes ma femme de chambre.

— Moi, une femme de chambre ? fit Lola, désemparée. Comment cela se peut-il ? Je suis secrétaire dans une usine. Vite, il faut que j'y aille. Ma mère a besoin de mon salaire. Oh ! comment ai-je pu être assez folle pour donner tout ce que je gagnais ! »

Alice révéla alors à la jeune fille qu'elle avait été victime d'une bande de malfaiteurs.

Laissant Lola aux soins de Mme Clark, les trois amies prirent congé.

Le lendemain matin, après une bonne nuit, elles passèrent à la prison avant de regagner River City.

« Avez-vous obtenu les aveux du prisonnier ? demanda Alice à l'inspecteur de service.

— Non. Nous avons envoyé ses empreintes à Washington en demandant s'il a un casier judiciaire », répondit l'inspecteur.

Alice alla de nouveau regarder l'inconnu à travers le judas. Cette fois, il lui rappela quelqu'un. Qui ? Elle n'aurait su le dire.

« Il a l'accent du Sud, dit l'inspecteur, mais nous ignorons toujours son identité. Tenez, je vais vous faire entendre l'enregistrement de son interrogatoire. »

Alice écouta la brève conversation. Elle n'en tira rien de bien intéressant. La lumière ne jaillit que plus tard, sur le chemin du retour : la voix du prisonnier ressemblait à celle du photographe de La Nouvelle-Orléans.

« Il se peut que les deux hommes soient apparentés, dit-elle à ses amies. Quel était donc le nom de ce photographe ? Ah ! oui, je me souviens : Bogard. »

Elle s'arrêta à la station-service suivante, téléphona au commissariat de Darklock et suggéra à l'inspecteur d'interpeller l'inconnu sous le nom de Bogard, habitant La Nouvelle-Orléans. Quelques minutes plus tard, l'inspecteur lui apprenait que l'homme niait tout lien avec ce Bogard.

Durant le reste du trajet, les jeunes filles étudièrent sous tous ses angles le mystère qui les préoccupait. Bess et Marion ne nourrissaient aucune inquiétude ; leur amie réussirait à faire arrêter les escrocs.

De bonnes nouvelles attendaient Alice à son arrivée à River City. Pendant son absence, M. Roy était rentré.

« J'ai fait un long voyage, dit-il en clignant des yeux avec malice. Il m'a fallu parcourir plusieurs centaines de kilomètres pour aller à La Nouvelle-Orléans ! »

Alice resta bouche bée de surprise.

« La Nouvelle-Orléans ! s'exclama-t-elle. Papa !

Tu as voulu m'aider. Comme tu es gentil ! Y a-t-il du nouveau ? »

Pour toute réponse, l'avoué mit un petit paquet entre les mains de sa fille.

Chapitre 23

Nellie

Incapable de deviner quel était le contenu du paquet d'après sa forme et ses dimensions, Alice le défit rapidement. À l'intérieur, elle trouva une boîte ronde et une enveloppe. La boîte contenait une douzaine de grosses pralines, spécialité de La Nouvelle-Orléans, l'enveloppe protégeait la photographie d'un homme aux lèvres minces, à l'air arrogant, qui paraissait avoir trente ans.

« Oh ! papa, s'écria Alice, comme tu es gentil de t'être souvenu de ma gourmandise ! Mais qui est cet homme ? »

M. Roy rejeta la tête en arrière et éclata de rire.

« J'ai acheté les pralines pour deux raisons : la première est que tu les aimes, la seconde est que je désire célébrer un peu à l'avance la rapide conclusion de l'affaire qui te préoccupe. L'homme dont tu contemples l'aimable visage n'est autre que Howard Brex.

— Howard Brex !

— Lui-même ! »

M. Roy avait obtenu cette photo de la police de La

Nouvelle-Orléans. Là-bas, les inspecteurs tentaient de retrouver l'ex-détenu libéré. Alice réfléchissait intensément ; soudain elle s'écria :

« Cet homme présente une légère ressemblance avec le photographe de La Nouvelle-Orléans ! Et il y a autre chose... »

Elle résuma les événements qui s'étaient déroulés en l'absence de M. Roy, y compris la capture d'un voleur dans le voisinage de Darklock. Voleur dont la voix rappelait singulièrement celle du photographe.

« Ne crois-tu pas qu'ils ont un lien de parenté ? » suggéra-t-elle.

M. Roy proposa d'écrire à la police de La Nouvelle-Orléans pour obtenir de plus amples renseignements.

« S'il te plaît, envoie un télégramme ! implora Alice. Les lettres mettent si longtemps à parvenir !

— Il sera fait selon vos désirs, mademoiselle la détective », promit en riant M. Roy.

Alice rendit visite sans tarder à Mme Clark et lui montra la photographie. À sa vive déception, la veuve, désormais très aimable, affirma n'avoir jamais vu cet homme.

Rentrée chez elle, Alice téléphona à la police de Darklock et s'enquit du prisonnier. On lui répondit qu'il refusait toujours de parler et qu'aucun casier judiciaire ne comportait d'empreintes semblables aux siennes.

« Ou bien il a eu de la chance et n'a jamais été arrêté auparavant, ou bien il en est à son premier délit », conclut Alice.

Ni ce jour-là, ni le lendemain, M. Roy n'eut de réponse à son télégramme. Toutefois, Alice reçut une lettre très troublante signée : Mme Turnel.

Écrit sur du papier ordinaire, le message était bref

et menaçant. L'auteur avertissait Alice que, si elle ne renonçait pas à ses activités de détective, elle devrait s'attendre à des ennuis.

« Voilà qui m'apprendra à engager la conversation avec des inconnues, se dit-elle en se remémorant son entretien dans le parc avec une étrangère. Pourtant, elle avait l'air d'une personne digne de confiance. »

Guidée par son instinct, Alice se promena une bonne partie de la journée dans le jardin public. À la fin de l'après-midi, elle vit cette femme s'avancer vers elle chargée de lourds paquets.

Alice se dissimula derrière un massif d'arbustes hauts et touffus et attendit que la femme se fût éloignée pour la suivre à une prudente distance. Elle la vit pénétrer dans une maison délabrée.

Peu après, la jeune fille sonnait à la porte. L'inconnue lui ouvrit et l'accueillit avec un plaisir si évident que les soupçons d'Alice s'envolèrent.

« Comme je suis contente de vous voir ! s'écria la jeune femme. Entrez, je vous en prie. J'ai perdu votre numéro de téléphone ; si vous saviez combien je l'ai regretté ! »

Dans le salon, elle déclina son identité : Susan Hopkins. Sa fille Nellie était à son travail, mais elle ne tarderait pas à rentrer.

« L'autre jour, je lui ai posé les questions que vous m'aviez suggérées. Elle s'est effondrée et m'a tout confessé en pleurant. »

Mme Hopkins raconta ensuite l'histoire devenue familière aux trois amies : esprits, demandes d'argent, *Ranch des Trois Ramilles,* médiums, etc.

« Il n'existe aucun ranch portant ce nom, déclara Alice, et cette affaire est une vaste escroquerie.

— Nellie le comprend enfin. D'ailleurs, la dernière fois qu'elle s'est rendue à l'une des boîtes postales indiquées — tantôt un châtaignier tantôt un autre —, elle a eu grand-peur.

— De quoi ?

— Elle a entendu un bruit, comme si on frappait quelqu'un, suivi d'un gémissement. Prise de panique, elle s'est enfuie sans laisser l'enveloppe qui contenait une partie de son salaire. »

Alice devina tout : Nellie était la jeune fille qu'elle avait vue s'approcher du châtaignier, le jour où elle-même avait reçu un coup sur la nuque. Elle se garda cependant d'en parler à Mme Hopkins.

L'entretien fut interrompu par l'arrivée de Nellie. Mise au courant par sa mère de l'intervention d'Alice, elle lui serra chaleureusement la main.

« Je ne vous remercierai jamais assez, dit-elle. Comment ai-je pu me laisser abuser de la sorte ? Oh ! Ces misérables ont su s'y prendre ! Ils m'avaient promis que la chance me sourirait si je leur obéissais et me menaçaient des pires malheurs si je refusais. »

Alice lui montra la photographie de Howard Brex.

« Avez-vous déjà vu cet homme ? demanda-t-elle sans quitter la jeune fille des yeux.

— Une seule fois. Il paraissait très gentil ! »

Pauvre Nellie ! comme elle semblait déçue ! Elle précisa qu'elle l'avait rencontré dans un autobus. Il s'était assis à côté d'elle. Vite mise en confiance, elle lui avait parlé librement de son emploi et de sa famille. Elle avait même commis l'imprudence de lui confier son adresse. Depuis, elle ne l'avait pas revu et ignorait jusqu'à son nom. Sans doute était-ce lui qui avait fourni à sa complice, Mme Turnel, les renseignements la concernant.

Mme Hopkins leva les sourcils mais s'abstint de

sermonner son imprudente fille. À quoi bon ? Elle n'oublierait pas la leçon reçue.

Alice rentra chez elle, satisfaite d'avoir enfin découvert un témoin grâce auquel un lien était établi entre Howard Brex et la bande qui, entre autres activités, avait volé les bijoux de Mme Clark.M.Roy accueillit sa fille avec un large sourire.

« Il était temps que tu reviennes, plaisanta-t-il. J'ai reçu des nouvelles.

— De qui ?

— D'un détective de La Nouvelle-Orléans. Ta supposition était bonne. Le vrai nom du photographe est Joe Brex.

— Parent de Howard ?

— Frère. En fait, ton Howard a deux frères : Joe et John. Leur mère exerçait il y a quelques années le métier de voyante médium en Alabama. Elle a disparu après avoir été dénoncée à la police.

— Ses fils ont été ses élèves, de bons élèves ! déclara Alice. Nous avons donc situé Joe et John Howard comme appartenant à la bande d'escrocs que nous pourchassons.

— Selon moi, dit l'avoué, les trois frères dirigent la bande qui extorque les fonds. La femme que vous avez rencontrée à bord de l'avion serait leur complice.

— Me permets-tu de retourner à Darklock ? Je voudrais m'entretenir avec le prisonnier sans perdre un instant !

— Attends jusqu'à demain, conseilla M. Roy. Nous n'arriverions pas avant minuit. »

Quelle joie pour Alice d'apprendre par cette petite phrase que son père l'accompagnerait !

Dans la soirée, M. Roy appela au téléphone la police de La Nouvelle-Orléans. Il pria le commissaire principal de surveiller les agissements du photographe Joe Brex et d'effectuer une perquisition au local de l'Église de l'Éternelle Harmonie.

« Pourriez-vous également savoir si Joe a vendu des bijoux ou autres articles volés ? Cela nous permettrait de résoudre l'affaire d'escroquerie dont je vous ai entretenu, conclut-il.

— Nous ferons de notre mieux, répondit le commissaire. Si vous désirez autre chose, n'hésitez pas à me téléphoner.

— Pendant que j'y pense, coupa M. Roy, pourriez-vous me procurer une photographie de John Brex ? Je vous en serais très reconnaissant.

— Je m'en occupe tout de suite », promit le commissaire.

Le lendemain, tandis qu'Alice préparait une petite valise pour le cas où son père et elle devraient passer la nuit à Darklock, Sarah apporta un télégramme à M. Roy. Il poussa une exclamation de surprise en le lisant. Alice accourut aussitôt.

« Joe Brex a quitté La Nouvelle-Orléans à l'improviste ! On ignore pour quelle destination. L'Église de l'Éternelle Harmonie est fermée, le médium envolé. La police n'a pas pu se procurer une photographie de John Brex. »

Alice n'eut pas le temps de se livrer à des commentaires, Sarah l'appelait.

« Viens vite ! Le commissariat de police de Darklock te demande au téléphone », annonça-t-elle.

« Mademoiselle Roy, dit le commissaire, j'ai besoin de vous. Le prisonnier s'est évadé la nuit dernière dans des circonstances assez singulières. Le gardien prétend qu'il y avait un fantôme dans sa cellule ! »

Chapitre 24

Le secret du manoir

Ce que le commissaire de police de Darklock raconta à M. Roy et à sa fille était plus que surprenant.

L'aile gauche de la prison où se trouvait la cellule de l'homme en fuite était gardée la nuit précédente par un homme âgé, de caractère accommodant ; il assurait la surveillance aux heures calmes.

À en croire son rapport, il effectuait une ronde quand, tout à coup, une silhouette fantomatique, presque phosphorescente, parut voler à travers la cellule. Une voix sépulcrale l'appela par son nom et dit : « Je suis l'esprit de ta chère épouse Hattie. Si tu ouvres la porte et viens près de moi, je te parlerai de tes fils : ton Johnnie noyé en mer, Allan mort en combattant les Japonais. »

Terrorisé, tremblant de tous ses membres, le gardien avait obéi. À peine entré dans la cellule, il fut attaqué par-derrière ; on lui appliqua un linge humide sur le visage ; on lui enleva son trousseau de clefs. Au moment où il perdait conscience, il entendit claquer la porte de la cellule.

« Toujours la même façon d'opérer ! » s'exclama Alice.

M. Roy communiqua au commissaire les derniers renseignements reçus de La Nouvelle-Orléans.

« Nous pensons que votre prisonnier était John Brex. Un de ses acolytes lui aura fourni les détails au sujet du gardien.

— Comment quelqu'un a-t-il pu s'introduire dans la cellule et remettre à John Brex l'attirail nécessaire ? demanda Alice.

— Dans le courant de l'après-midi une femme s'est présentée au bureau du gardien-chef ; elle avait appris, dit-elle, que nous détenions un voleur non identifié. Elle a demandé à le voir. Un gardien l'a conduite devant la cellule et il est resté en faction dans le couloir.

— Ne s'est-il pas absenté un seul instant ?

— Non, répondit l'inspecteur. Ah ! si, une minute, quand elle s'est évanouie.

— Évanouie ?

— La femme a longuement regardé le prisonnier sans prononcer un seul mot. Puis, tout à coup, elle s'est affaissée sur le plancher du couloir. Le gardien a couru chercher des sels d'ammoniaque à l'infirmerie. Quand il est revenu, elle était toujours étendue à terre ; il lui a fait respirer les sels et elle a repris conscience.

— Tout s'éclaire, dit Alice. Elle appartient à la bande de Brex ; entre deux barreaux, elle lui a passé la robe flottante et les autres accessoires dont il avait besoin pour sa mise en scène. Où est-elle maintenant ?

— Partie, répondit le commissaire. Quand nous l'avons ramenée dans le bureau, elle nous a dit s'appeler Marie Forest ; elle avait supposé que le détenu pouvait être son frère disparu sans raison. Mais ce n'était pas lui. Nous l'avons laissée repartir.

— Vous ne pouviez faire autrement, intervint M. Roy, en l'absence de toute charge contre elle. »

Le commissaire déclara avoir lancé un avis de recherche contre Brex et s'engagea à tenir M. Roy au courant.

Alice n'avait plus qu'à attendre. Hélas ! Aucune nouvelle ne lui parvenait. L'impatience la rongeait. Un jour qu'elle conversait avec Ned, debout sur le perron, elle lui fit part de ses récentes réflexions.

« Je suis persuadée que les escrocs n'ont pas eu le temps d'emporter la totalité de leur butin. Ils l'auront caché quelque part, non loin d'ici. Où ? Je l'ignore.

— Dans le coffre-fort d'une banque ? suggéra Ned.

— Non. Je pencherais plutôt pour le manoir de Blackwood.

— Mais les policiers l'ont fouillé de fond en comble...

— Je n'en suis pas convaincue. Rappelle-toi ces grincements, ces craquements... » Alice s'interrompit. « Plus j'y pense, plus je suis persuadée qu'on peut passer du sous-sol au premier étage sans emprunter l'escalier, dit-elle.

— Tu pourrais avoir raison. Les murs sont épais, pourquoi ne dissimuleraient-ils pas des marches ?

— Ou un ascenseur secret, du type de ceux que l'on actionne à l'aide d'une corde glissant sur une poulie ?

— En route ! » déclara Ned. Il dévala l'escalier et monta dans le cabriolet rangé au bas du perron.

« Laisse-moi d'abord prévenir Sarah. »

Une minute plus tard, elle était de retour et ils prirent le chemin du manoir.

Pour parer à toute éventualité, Ned s'arrêta chez lui et emporta un poste émetteur.

Quand les deux jeunes gens arrivèrent au manoir, Alice pria Ned de rester à l'extérieur pour le cas où l'un des escrocs surviendrait.

« Comme tu voudras, mais à la moindre alerte lance un cri perçant, et je viendrai », déclara-t-il.

Alice se munit d'un nécessaire à outils et entra dans la maison. Avec un soin extrême, elle inspecta les murs à la lueur d'une torche électrique. Elle ne décela pas le moindre joint, pas la moindre fissure qui eussent indiqué la présence de panneaux coulissants.

« Le panneau du second étage s'ouvre sûrement de l'extérieur, se dit-elle, car j'ai vu le fantôme sortir du mur au premier étage puis disparaître dans le mur du couloir, au second. Je vais chercher une hache, il doit y en avoir une au sous-sol. »

Elle passa par la porte basse, derrière l'orgue, et descendit les marches avec précaution. Enfin, elle arriva devant la lourde porte de châtaignier. À sa grande surprise, elle constata que celle-ci était fermée de l'intérieur. À l'aide de ses outils, elle réussit à faire glisser le verrou et à entrer.

La salle était plongée dans l'obscurité totale, l'air sentait le renfermé. Du seuil, Alice promena le projecteur de sa lampe sur les quatre murs ; la pièce était vide. D'un pas résolu la jeune fille y entra.

Derrière elle, la porte grinça. Alice pivota sur elle-même. Pas le moindre souffle, pourtant elle eut l'impression que le lourd battant s'était légèrement refermé. « Sans doute est-il mal équilibré », se dit-elle. Sans s'inquiéter outre mesure, elle examina les parois lambrissées. À l'autre bout de la salle, elle découvrit un panneau dont les lignes ne correspondaient pas tout à fait avec celles des autres.

« Tiens ! Voilà peut-être l'ouverture que je cherche », murmura-t-elle.

Alice poussa, appuya ; soudain les planches bougèrent. Elle s'acharna, et une section glissa, révélant une sorte de monte-charge d'un modèle très ancien. Il consistait en une simple plate-forme de bois suspendue à des cordes, une autre corde passant par un trou dans le plancher.

Son cri de satisfaction s'étrangla dans sa gorge. Devant elle, se tenaient deux hommes : Howard Brex et son frère John, le prisonnier évadé.

Alice voulut s'enfuir ; plus prompt qu'elle, Howard la saisit par un bras tandis que son frère, muni d'une torche électrique, barrait la sortie.

« Non, vous ne vous sauverez pas ! s'écria Howard. Vous nous avez causé assez d'ennuis. Il faudrait être fou pour vous laisser en liberté !

— Je n'ai pas peur de vous ! jeta Alice avec défi. La police sera là d'une minute à l'autre.

— Tiens ! Tiens ! ironisa John. Si vous comptez sur votre ami, le bel étudiant d'Emerson, pour voler à votre secours, vous déchanterez. En moins de deux secondes, nous le mettrons hors de combat. »

Comment les deux misérables savaient-ils que Ned l'attendait dehors ? Impossible d'appeler sous peine de l'entraîner, lui aussi, dans le piège.

« Et que comptez-vous faire de moi ? demanda-t-elle.

— Vous empêcher de nous nuire davantage, répondit Howard en la poussant brutalement vers l'ascenseur. Puisque vous appréciez les fantômes, vous aurez tout le loisir d'en goûter la compagnie.

— Vous enverrez des messages de l'au-delà à votre père et à vos amis, railla John.

— On ne vous a pas ménagé les avertissements,

reprit Howard. Mais mademoiselle aime à mettre son nez partout, pas vrai ?

— Cette fois-ci les policiers de Darklock n'interviendront pas », marmonna son frère.

Alice voulait gagner du temps. Peut-être qu'en ne la voyant pas revenir, Ned aurait l'idée d'alerter le commissariat à l'aide de son poste émetteur.

« Vous avez abusé de la crédulité de personnes innocentes avec de fausses séances de spiritisme, dit-elle.

— Certainement et cela nous a rapporté gros, ricana Howard.

— Combien de victimes avez-vous faites ?

— Juste assez pour nous offrir de longues et belles vacances, déclara Howard très fier de lui.

— Vous avez vendu aussi une partie des bijoux de Mme Clark ? Pas tous cependant. Vous détenez encore les plus beaux.

— Oui, reconnut Howard. Nous attendons que le calme revienne, ensuite nous les liquiderons facilement.

— Et vous avez grimpé sur la terrasse de la chambre de Mme Clark pendant la nuit ; prenant une voix sépulcrale, vous avez réussi à lui faire croire que vous étiez l'esprit de son mari, continua Alice.

— Oh ! oh ! Bravo ! Elle n'est pas sotte, la petite, ironisa John. Et pourtant elle s'est mise dans un beau pétrin ! Pas de chance !

— Vous en savez un peu trop, intervint Howard. Plus même que je ne croyais. Mieux vaut en terminer, John.

— Votre mère vous a aidés dans toute cette entreprise, fit Alice. C'est elle qui jouait les médiums à La Nouvelle-Orléans et animait le portrait de la prétendue Amourah.

— Et alors ? Qu'y a-t-il de mal à cela ? C'était bien imaginé, fanfaronna de nouveau Howard.

— Elle avait fait construire une double paroi et se cachait dans l'intervalle, reprit Alice.

— Oui, mademoiselle-je-sais-tout ! Elle se chargeait également de frapper les coups. Quel mal nous avions à ne pas éclater de rire devant l'expression d'extase des benêts qui assistaient aux séances ! »

À ce souvenir les deux misérables éclatèrent de rire.

« Votre autre frère tenait le rôle du vieillard à l'entrée de l'Église de l'Éternelle Harmonie ?

— Oui, il est passé maître dans l'art du maquillage. La femme de John est dans le coup, elle aussi ; elle a même amené une de ses amies. Nous formons une magnifique famille d'escrocs. »

Tant de vantardise, tant d'impudence dans la malhonnêteté écœuraient Alice ; mais comme elles étaient précieuses, les minutes gagnées à questionner les deux bandits pour provoquer leurs réponses ! Aussi poursuivit-elle :

« Cette amie dont vous parlez, c'était elle qui conduisait la voiture, n'est-ce pas ?

— Jouez aux devinettes autant qu'il vous plaira, railla John. Je ne répondrai plus.

— Et elle hypnotisait les gens ? dit Alice sans tenir compte de la remarque.

— Non ! protesta Howard. Elle se contentait de leur faire respirer un soporifique. C'est moi qui me chargeais de les hypnotiser. Quand un de mes clients se montrait récalcitrant, j'avais recours à la main lumineuse.

— Ah oui ! et aussi à votre talent de ventriloque, déclara Alice. Lola Imbert a failli se noyer parce que vous l'aviez hypnotisée.

— C'était votre faute, répondit l'homme, furieux. Vous êtes venue nous espionner juste au moment où je voulais la ramener sur la rive.

— Cela suffit, gronda John. Je commence à en avoir plus qu'assez !

— Vous jouez de l'orgue, reprit Alice en s'adressant toujours à Howard.

— Un peu.

— Et quand vous ne vous serviez pas du mannequin fantôme, vous vous habilliez en fantôme vous-même », dit Alice.

John l'interrompit brutalement.

« Assez ! »

Avant qu'Alice ait pu poser une nouvelle question, il l'avait poussée dans l'ascenseur. Les deux hommes lui prirent sa lampe électrique et ses outils.

« Et maintenant, Alice, vous allez faire votre dernière promenade ! annonça Howard. Jamais personne ne pourra vous délivrer. Bientôt vous rejoindrez le fantôme du manoir de Blackwood. »

Chapitre 25

Le fantôme s'avoue battu

Le panneau secret se referma sur Alice. Quelques secondes plus tard, elle sentit la corde se tendre à côté d'elle et l'ascenseur s'éleva en grinçant.

Ces hommes étaient impitoyables. Rien ne les arrêterait. Qu'allaient-ils faire maintenant ? Emporter leur butin ? S'emparer de Ned ?

Avec un soubresaut, l'ascenseur s'arrêta. Alice se suspendit à la corde. En vain. Elle martela les parois. Elles étaient en bois dur. Tout à coup, la jeune fille vit une faible lueur verdâtre apparaître à un angle de sa prison. En même temps, une odeur désagréable lui frappa les narines ; odeur qui bientôt s'intensifia ; Alice comprit.

« Ces misérables ont débouché un flacon d'un mélange de phosphore et d'huile dans le monte-charge ; sans doute y ont-ils ajouté un soporifique mortel, songea la malheureuse tandis qu'une sueur froide ruisselait sur son corps. Voilà ce qu'ils voulaient dire quand ils m'ont annoncé que je rejoindrais sous peu le fantôme de Blackwood. Quelle horreur ! »

Un instant, une folle panique s'empara d'elle, mais elle se ressaisit rapidement.

Tirant un mouchoir de sa poche, elle s'en couvrit le nez et la bouche et, à tâtons, chercha sur le plancher de l'ascenseur. Guidée par la lueur verte, elle mit la main sur un petit flacon dont le bouchon avait été enlevé.

Déjà prise de vertige, elle déchira un pan de sa robe et l'enfonça dans le goulot.

La lumière s'éteignit. Une profonde torpeur s'empara d'Alice incapable d'y résister, elle sombra dans un sommeil lourd.

Combien de temps resta-t-elle ainsi, elle n'aurait su le dire. Quand elle se réveilla, elle se sentait mieux. L'odeur écœurante s'était dissipée. Si elle voulait sortir vivante de cette prison, il fallait percer les murs formant la cage du monte-charge. Entreprise impossible. Elle frappa de nouveau contre les parois. Trois d'entre elles lui parurent aussi solides que de la pierre. La quatrième devait être plus mince. Était-ce le panneau ouvrant sur le corridor du second étage ?

Le silence le plus complet régnait alentour. Howard et John se seraient-ils enfuis... après avoir capturé Ned ? Les minutes s'écoulaient, personne ne venait au secours d'Alice.

« Sarah sait où nous allions, songea-t-elle. Elle ne manquera pas de s'inquiéter de notre longue absence et elle alertera la police. »

Et si ses amies étaient venues pendant qu'elle dormait ! Un coup d'œil au cadran lumineux lui apprit qu'elle était depuis deux heures dans cette sinistre prison.

« Je suis perdue ! » se dit-elle, en proie à un désespoir atroce. Se reprenant aussitôt, elle ajouta : « Non ! Je m'en sortirai ! »

Elle se rassit sur le plancher et s'efforça de lutter contre la panique. Comme elle fermait les yeux pour mieux se concentrer et trouver un moyen de sortir de cette situation, elle entendit du bruit. Était-ce un tour de son imagination ou percevait-elle des voix venant de plus bas ? Approchant l'oreille de l'espace entre le plancher de l'ascenseur et le mur, elle écouta intensément. Folle de joie, elle reconnut la voix de Bess, puis celles de son père, de Sarah et de Marion.

Elle se mit à crier, à frapper du pied contre la paroi la plus mince. Attirés par le bruit, son père et ses amies montèrent l'escalier en courant. Alice continuait à les guider ; enfin, ils réussirent à trouver le panneau derrière lequel la courageuse jeune fille avait failli mourir.

« Alice, cria M. Roy. Où es-tu ?

— Ici, dans un monte-charge ; je ne peux pas en sortir et je ne peux pas le faire descendre.

— Reste calme. Nous ferons le nécessaire.

— Et Ned ? demanda Alice.

— Nous ne l'avons pas rencontré, répliqua M. Roy. En ne te voyant pas revenir, Sarah s'est tourmentée et elle nous a avertis que tu t'étais rendue au manoir de Blackwood. Ned n'est donc pas avec toi ?

— Non, répondit Alice. S'il te plaît, viens dans la chambre souterraine et essaie de faire descendre cet ascenseur. »

Quelques minutes s'écoulèrent.M.Roy revint.

« Je n'y suis pas parvenu. C'est un modèle très ancien, fonctionnant par traction de la corde, dit-il. Ils ont bloqué la poulie. Ne t'inquiète pas, nous allons abattre la paroi ! »

Alice entendit de violents coups de hache, suivis d'un bruit de bois volant en éclats ; quelques instants plus tard, la lumière filtrait à travers une fente.

« Passez-moi une lampe électrique, demanda Alice. Je trouverai peut-être le mécanisme d'ouverture du panneau. »

Elle découvrit en effet un loquet ; elle le tira et toute la paroi glissa. Épuisée, Alice tomba dans les bras de son père.

« Dieu soit loué ! Tu es saine et sauve ! s'écria Sarah en la serrant à son tour contre elle. J'ai cru perdre la raison en ne te voyant pas rentrer. »

Tous ensemble ils descendirent au rez-de-chaussée et se précipitèrent dehors. Un groupe surgit du bois... C'était Ned que suivaient deux hommes et deux femmes entourés par des policiers !

« Bravo ! Ils ont capturé Howard et John ! s'écria Alice. Je reconnais une des femmes : c'est elle, la passagère de l'avion. L'autre est sans doute la conductrice voilée. »

Ned courut rejoindre Alice.

« En voyant ces deux hommes quitter le manoir, dit-il, j'ai alerté les policiers à l'aide de mon appareil émetteur. Ensuite j'ai donné la chasse aux deux malfaiteurs tout en me tenant en contact avec les policiers. Quelle poursuite ! Je suis épuisé !

— Vous avez fait du beau travail, monsieur, le félicita un des policiers. Nous avons eu du mal à vous rejoindre. Vous couriez comme un lièvre.

— Nous avons fini par retrouver la bande au grand complet dans une auberge près de la rivière, ajouta Ned. En toute hâte, nos escrocs empaquetaient leur butin et se disposaient à filer.

— Bravo, Ned ! dit Alice. Il ne reste plus qu'à arrêter Joe.

— Ne t'inquiète pas à ce sujet, intervint M. Roy. D'ici à quarante-huit heures, il sera sous les verrous. »

Les quatre prisonniers refusèrent de parler, mais ils avaient perdu leur arrogance. Le plus abattu semblait être Howard.

Quand Ned apprit que les deux frères avaient failli tuer Alice, il regretta vivement de n'être pas resté auprès d'elle. Il l'avait crue en sûreté.

Le visage ruisselant de larmes, la femme de John Brex, chargée de surveiller les faits et gestes de Mme Clark, avoua avoir suivi les jeunes filles jusqu'à La Nouvelle-Orléans où, avec l'approbation de la veuve, elles menaient une enquête sur le vol des bijoux. Mme Brex les avait perdues de vue et, par le plus grand des hasards, les avait retrouvées à la sortie de l'Église de l'Éternelle Harmonie. Aussitôt, elle s'était empressée d'avertir Joe. Son frère John était en visite chez lui ; ensemble ils avaient combiné de faire apparaître un avertissement sur la plaque photographique et de transporter Alice en voiture dans une maison abandonnée. Ils espéraient que, prise de peur, elle renoncerait à cette enquête.

L'amie de Mme Brex reconnut aussi sa culpabilité. Elle s'était habilement déguisée pour tromper Alice et pour abuser les victimes des escrocs. C'était elle qui était venue à l'hôtel Claymore retirer les lettres adressées à Mme Turnel.

« Taisez-vous ! hurla Howard. Avec vos stupides bavardages, vous nous ferez pendre ! »

Marion intervint :

« Monsieur Brex, le manoir devenant dangereux, vous avez transporté l'attirail servant à vos séances de spiritisme dans une cabane au milieu des bois. Nous l'avons découverte et nous avons senti de la fumée — non pas de la fumée de bois, mais une fumée âcre venant de la cheminée. »

L'homme ricana :

« Ah ! ah ! Un mystère non résolu ! Je vais être bon prince et satisfaire votre curiosité. J'avais essayé un nouveau mélange chimique destiné à créer une atmosphère propice aux "esprits". Il ne valait rien. Comme, à ce moment, j'ai entendu des pas et des coups frappés sur la porte, j'ai sauté par une fenêtre donnant derrière. »

Les malfaiteurs furent emmenés en prison. Un inspecteur resta au manoir avec M. Roy, Alice, Ned, Sarah et les deux cousines.

Ils réussirent à remettre en marche l'ascenseur et Alice prit place sur la plate-forme. À l'aide de la corde, elle le fit monter et descendre, examinant les parois de la cage. Enfin, au second étage, elle découvrit un ressort qui permettait d'actionner le panneau du fond. Elle appuya sur ce ressort et le panneau glissa lentement.

« Une chambre secrète ! s'écria-t-elle. Venez-tous ! »

Ils la rejoignirent et aperçurent un squelette vêtu de blanc et un chat empaillé à l'aspect farouche.

« Les accessoires des Brex ! » fit M. Roy.

La pièce contenait en outre des baguettes télescopiques, des bouteilles de phosphore, d'huile, et plusieurs ouvrages sur l'hypnotisme.

Ce n'était pas tout : des boîtes à chaussures, empilées les unes sur les autres, contenaient des enveloppes pleines de billets. Et mieux encore : un livre de comptes où les escrocs avaient inscrit les noms et les adresses de leurs victimes.

« Il y a de quoi les rembourser en partie », déclara Alice, tout heureuse à cette pensée.

Dans un coin, Alice découvrit un grand coffre contenant des outils de joaillier : Howard Brex s'en était servi sans nul doute pour forger les faux bijoux.

« Mais où sont les bracelets, les colliers et les bagues de Mme Clark qui manquent encore ? dit Alice.

— Ici, répondit Marion en lui tendant une boîte portant une adresse de La Nouvelle-Orléans. Ton travail est terminé, Alice, tu as rempli ta mission. »

Le lendemain, les événements se succédèrent très vite. Joe Brex et sa mère furent arrêtés à Chicago. Joe reconnut sa culpabilité et ses frères finirent par se résoudre à en faire autant. Ils avouèrent également avoir volé la voiture de M. Roy afin de transporter une partie de leur attirail.

Pour célébrer l'heureuse conclusion de cette affaire, Sarah organisa un grand dîner auquel furent conviés Ned, les deux cousines et Mme Clark. En dépit des compliments qui ne lui furent pas ménagés, Alice garda sa modestie coutumière.

Honteuse de s'être montrée aussi naïve, Mme Clark ne tarissait pas d'éloges : à ses yeux, Alice était le modèle des jeunes filles ; elle tint à lui offrir un camée qui avait appartenu à sa belle-mère.

« Je vous remercie infiniment, madame, dit Alice. Mais sans mon père et mes amis, je ne me serais pas tirée seule des mains de ces misérables. »

Marion intervint en riant :

« Ne croyez-vous pas que nous devrions nous lancer dans le spiritisme et jouer les fantômes ? Nous saurions très bien nous débrouiller dans le métier. Après tout, nos maîtres n'étaient pas mauvais !

— Non, merci ! s'écria Bess. Nous avons appris que l'escroquerie ne paie pas.

— En tout cas, je préfère m'attaquer à ceux qui la pratiquent ! » déclara Alice avec un joyeux sourire.

TABLE

BIBLIOTHEQUE
VERTE

Composition *jouve* – 53100 mayenne
Imprimé en France par ***Partenaires-Livres*** ®
N° dépôt légal : 13259 – juillet 2001
20.07.0375.02/4 ISBN : 2.01.200375.3

Loi n° 49-956 du 16 juillet 1949
sur les publications destinées à la jeunesse